世界著名作家短篇小说精选系列

果戈理短篇小说精选

［俄］果戈理 著　王尊贤 译

群众出版社
· 北京 ·

图书在版编目（CIP）数据

果戈理短篇小说精选／（俄罗斯）果戈理著；王尊贤译．—北京：群众
出版社，2016.3

（世界著名作家短篇小说精选系列）

ISBN 978－7－5014－5485－3

Ⅰ.①果… Ⅱ.①果…②王… Ⅲ.①短篇小说—小说集—俄罗斯—近代

Ⅳ.①I512.44

中国版本图书馆 CIP 数据核字（2015）第 013756 号

果戈理短篇小说精选

［俄］尼古拉·瓦西里耶维奇·果戈理　著　　王尊贤　译

出版发行：群众出版社

地　　　址：北京市丰台区方庄芳星园三区 15 号楼

邮政编码：100078

经　　销：新华书店

印　　刷：北京通天印刷有限责任公司

版　　次：2016 年 7 月第 1 版

印　　次：2016 年 7 月第 1 次

印　　张：7.5

开　　本：880 毫米×1230 毫米　1/32

字　　数：180 千字

书　　号：ISBN 978－7－5014－5485－3

定　　价：29.00 元

网　　址：www. qzcbs. com

电子邮箱：qzcbs@ sohu. com

营销中心电话：010－83903254

读者服务部电话（门市）：010－83903257

警官读者俱乐部电话（网购、邮购）：010－83903253

文艺分社电话：010－83901330　　010－83903973

批判现实主义文学的奠基人

王尊贤

　　果戈理是享誉世界文坛的伟大作家，十九世纪俄国批判现实主义文学的奠基人，被誉为"俄国散文之父"和"俄国文学史上继普希金之后的又一座丰碑"。史诗般的长篇小说《死魂灵》和杰出的讽刺喜剧《钦差大臣》在我国早已广为人知。在这两部代表作中，果戈理以辛辣而诙谐的笔触，猛烈抨击了反动腐朽的农奴制度，深刻揭露了俄国官场的黑暗和荒唐，对一切落后、愚昧的势力进行了无情的讽刺与嘲弄。

　　然而，这些作品都是果戈理在后期创作的，最初使得一个默默无闻的青年在文坛上崭露头角、一举成名的却是其中短篇小说。而这些文笔清新、风格独特的中短篇作品的产生，又与作者的生活经历密不可分。

　　尼古拉·瓦西里耶维奇·果戈理，1809年出生于乌克兰波尔塔瓦省米尔哥罗德县索罗钦采镇的一个地主之家（顺带说一句，这些地名屡屡出现在其作品之中）。当时乌克兰乃是沙皇俄国的属地，因此人们向来都将果戈理视为俄罗斯作家。作家的童年是在父母的庄园里度过的。他的父亲对文学（尤其是喜剧）有着浓厚的兴趣，常常亲自捉笔编写以乌克兰日常生活为题材的欢快的小型喜剧剧本，在乡间的舞台上演出并在剧中扮演主要角色。这给早年的果戈理留下了难以磨灭的印象，激发了他对喜剧乃至整个文学的爱好。丰富多彩的乌克兰乡间生活、内容和形式都独具一格的乌克兰民间歌谣和民间传说，对未来作家的创作思想和审美观念都产生了极为深刻的影响。

早在中学时代，果戈理便已博览群书，受到了俄国贵族革命家、十二月党人进步思想的影响，并从同时代的伟大诗人、俄罗斯文学之父普希金的诗作中汲取营养，同时也受到了法国启蒙作家著作的熏陶。成年之后，果戈理来到当时的俄国首都彼得堡闯荡，但并未能在文坛立足，只得在政府的几个清水衙门从事缮写员之类的卑微工作，亲身体验了小公务员贫苦而屈辱的生活。

乡村的生活和首都的职场经历，在果戈理的中短篇小说中均有所体现。我们的这个选本中所收录的，就是以这两个时期为背景的作家的早、中期作品。

1831年至1832年，果戈理的小说处女作、第一个中短篇小说集《狄康卡近乡夜话》的第一部和第二部先后在彼得堡问世，立即在俄国文坛引起了轰动。这些小说的情节迂回曲折，充满了神奇诡异的幻想，具有鲜明的乌克兰民间文化风格：内容大部分出自民间传说，人物形象灵动鲜活，行文叙事抒情、欢快、夸张而幽默。作家怀着对故土和人民的深深的眷恋与热爱，浓墨重彩地描绘了乌克兰大自然的绚丽景色，深情地歌颂了普通劳动者的智慧、勇敢和情爱，嘲讽了邪恶势力的愚昧。作家将幻想与现实相结合，坚信真善美必将战胜假恶丑。其中《五月之夜》充满了青春的激情和欢乐。女落水鬼的形象是如此善良和凄美，而愚顽专制的村长的嘴脸又是如此可憎而可笑。由此可见，作家的爱憎情怀是多么强烈、分明。《圣诞节前夜》中的乌克兰冬夜令人难以忘怀，悠然神往。作家对民间风情的描写具体入微，故事情节奇特、欢快，一个个人物活灵活现。这篇小说将一个农村铁匠作为正面人物加以赞美，首开平民文学之先河。青年铁匠的勤劳、聪慧和对爱情的执着、坚贞，给读者留下了深刻的印象。

　　1835 年，果戈理的中短篇小说集《彼得堡故事》出版。这些作品是作家的另一种生活——帝国首都生活的反映。经历了充任小公务员的磨炼，体察了外省青年在京城备受蔑视和侮慢的辛酸苦辣，作家对社会的不合理、不公平有了切身的体会。在首都繁华、光鲜的外表之下，作家洞察了官场的畸形生态，看清了社会上悬殊的等级差异，对小人物的命运寄予了深切的关注与同情。较之以往的作品，这些小说在题材上有了新的开拓，思想更为深刻，风格也有了重大的突破。《涅瓦大街》描述了青年画家对美的热切向往和追求，以及现实生活对美的亵渎和戕害，令人感慨系之。主人公皮斯卡列夫之死，正是理想、艺术与现实碰撞后的毁灭，具有极其浓烈的悲剧色彩。《鼻子》以最荒诞不经的形式嘲讽了官场中追名逐利的庸俗之辈的可悲命运，极富想象力和艺术表现力。科瓦廖夫们的世界充满了幻象和荒谬，然而这个貌似荒谬无稽的世界却也恰恰是专制主义的社会现实。《马车》则展现了停滞、落后的俄国普通小城的面貌，对一个惯于吹牛撒谎的不劳而食者的虚荣、浅薄进行了入木三分的嘲弄，令人会心一笑。

《外套》通过对一个小公务员制作和丢失外套的过程及其心理活动的细腻描绘，淋漓尽致地展现了小人物的悲惨命运，令人深为同情。而官场的冷酷无情，当权者的飞扬跋扈、愚顽颟顸，则招人切齿痛恨。小说的结尾尤其富于想象力，奇幻而突兀，进一步加深了读者对主人公的悲悯之情，也寄托了作者的善良愿望和深切哀思，令人浮想联翩、回味无穷。《外套》堪称世界文学中批判现实主义小说的典范，对后世的许多作家都产生了深刻的影响。因此，伟大的俄国作家陀思妥耶夫斯基宣称："我们所有的人都是从果戈理的《外套》中孕育出来的。"

果戈理作为俄国批判现实主义的创始人，对俄罗斯现实主义文学的发展、讽刺文体的形成，以及文学中人道主义和民主主义原则的确立，都产生了极为深远的影响。果戈理的中短篇小说具有华丽而生动的散文风格，将对社会现实的揭露与讽刺幽默的笔法相结合，充满了怪异和奇幻的因素，极具吸引力和可读性。这些作品情节荒诞诡谲，幻境与现实相交错，描写夸张而诙谐。这种独树一帜的创作风格和写作手法颇富现代派意味，为后世许多作家所称道和效仿。

果戈理后期沉湎于宗教，精神迷失，思想倒退，年仅四十三岁便英年早逝，令人惋惜。然而瑕不掩瑜，百余年来，他为俄国和世界文坛所留下的诸多杰作一直为广大读者所喜爱，他的名字也始终在文学史上闪射着耀眼的光辉。

目　录

五月之夜

　　鬼才明白是怎么一回事！基督徒着手做任何事情，都像猎狗追赶兔子似的，历尽艰辛，备受折磨，结果仍然劳而无功。可是，只要有鬼怪参与其事，便会不费吹灰之力就莫名其妙地大功告成，仿佛天上掉下了馅饼。

一、甘娜

嘹亮的歌声宛如河水，在村庄的条条街巷中荡漾。其时，终日劳碌、不胜疲惫的小伙子和姑娘们热热闹闹地成群结队，在晴朗傍晚的夕照之中，放声高歌那些总也免不掉惆怅意味的谣曲，抒发他们的欢乐之情。默默沉思的黄昏，梦幻般地拥抱着蔚蓝的天穹，让万物都变得缥缈而遥远。已经是薄暮时分了，而歌声却仍未沉寂。村长的儿子、年轻的哥萨克①列夫科，抱着班杜拉琴悄悄溜出了唱歌的人群。他头戴山羊皮帽子，在街道上边走边拨动琴弦，踏着舞步。终于，他在周遭长满低矮的樱桃树的农舍门前悄然止步。这是谁家的房子、谁家的门呢？他沉默了片刻，便弹唱了起来：

> 夕阳西下，黄昏来临，
>
> 快出来见我吧，我的心上人！

"不对，我那明眸皓齿的美人儿看来是睡着了！"哥萨克唱罢一曲，自言自语地走到窗边，"小甘娜！小甘娜！你是睡下了还是不肯出来见我？你准是害怕有人看见我们，要么就是不想让你的小脸蛋儿挨冻！别怕，这儿一个人也没有。今晚挺暖和。万一有人来了，我会用外衣罩住你，用腰带束住你，用两只胳膊护住你——那就谁也看不见我们了。万一寒气袭人，我就紧紧地把你搂在怀里，用热烈的亲吻温暖你，拿我的皮帽盖住你白嫩嫩的小脚。我的心肝儿！我的小鸟儿！我的宝贝

---

① 十五至二十世纪存在于南俄草原地带第聂伯河、顿河等流域的庞大的社会群体。

儿！你就露一露面吧，哪怕从窗口伸出一只白净的小手也好啊……不，你并没有睡，高傲的姑娘！"他说这话时提高了嗓门儿，用的是一种表露自己一时受辱而感到羞愧的口气，"你这是存心耍弄我。再见啦！"

说罢，他转过身，歪戴着帽子，轻轻拨弄着琴弦，意气昂然地离开了窗口。这时候，房门的木头把手转动了一下，那门便吱呀一声敞开了。一个年方十七的青春少女，在苍茫的暮色中怯生生地左顾右盼，也不放下木门把手，便举步跨出门来。她那一双明眸好似两颗小星星，在朦胧的幽暗中亲切地闪烁。红珊瑚项链发出耀眼的光亮。就连她双颊泛起的羞涩的红晕也未能逃过小伙子敏锐的目光。

"你真是个急性子，"她低声对他说道，"这就生气啦！你干吗偏偏挑这个时候呀：街上时不时地就会有一群人游逛……我担心得全身发抖……"

"哎，你别发抖了，我的小红莓花儿！把我贴得更紧些呀！"小伙子说着，扔掉脖子上用皮带挂着的班杜拉琴，搂抱着她，和她一起坐到了房门旁边，"你要知道，一个钟头见不着你，我就难受极了。"

"你知道我在想什么吗？"姑娘打断他的话，心事重重地两眼凝视着他，"我总觉得，耳朵边上好像有个声音悄悄地对我说，往后我们没法儿经常会面了。你们那里的人心眼儿不好：姑娘们一个个全都忌妒我们，小伙子们也……我甚至发现，我妈最近对我盯得越来越紧了。说实在的，要是住在别人家里，我倒会开心一些。"

说到这里，她面露些许忧伤的神情。

"你刚刚回到家乡两个月，就已经待腻了呀！也许，是我让你厌烦了吧？"

"哎呀，你怎么会让我厌烦呢！"她微笑着说，"我爱你，黑眉毛的哥萨克！我爱你是因为，你有一双褐色的眼睛，只要你望我一眼，我心里就乐开了花——既开心，又舒坦。我还爱你亲热地挤弄你那乌黑的小胡子，也爱你在街上边走边弹着班杜拉琴唱歌。你的歌声听着真让人愉快！"

"啊，我的小甘娜呀！"小伙子喊了一声，不停地亲吻她，将她抱得更紧了。

"等一等！行了，列夫科！先告诉我，你跟你爹说过没有？"

"说什么？"他如梦初醒似的说，"说我想结婚，你要嫁给我吗？——说过了。"

然而，"说过了"这几个字从他的嘴里说出来时，不知怎么带有一种凄楚的意味。

"结果呢？"

"你拿他有什么办法？老家伙照例装腔作势，什么也听不进去，还骂我四处游荡、不务正业，跟街头的坏小子们胡闹。不过，我的小甘娜，你别发愁！我用哥萨克的诺言向你保证，我一定会说服他的。"

"列夫科，只要你开口说话——全都会遂你的心愿的。我自己就知道这一点：有时候我不肯听你的话，可只要你一开口，我就不由自主地按照你希望的去做了。你快瞧，你快瞧！"她将头倚在他的肩膀上，透过他们面前的樱桃树那低垂的、繁茂的树枝，仰望着广袤无际、湛蓝而温馨的乌克兰夜空，继续说道，"快瞧呀，那边远远的地方，有一些小星星忽闪忽闪：一颗、两颗、三颗、四颗、五颗……那是上帝的天使们打开天宫的小窗户，正在看着我们，不是吗？列夫科，是不是呀？这就是他们在远望我们人间吧？要是人像鸟儿一样有翅膀该多好啊，那就可以飞到天上去，越飞越高，越飞越高……咳，太吓人了！可惜我们这里没有一棵橡树能长上天去。不过，听人说，在很远很远的一个地方就有这样一棵树，它的树梢直冲云霄，在天上沙沙作响。上帝在圣诞节前夜就是踩着这棵树降临到人间的。"

"不是的，小甘娜，上帝有一架长长的梯子，从天宫直通到人间。复活节前夜，圣天使长们就把这架梯子架好了。上帝刚踏上第一级，所有的妖魔鬼怪就都飞快地逃跑了，结果成群成伙地落入了地狱，所以复活节这一天人间连一个魔鬼也不会有了。"

"水面轻轻地荡漾，真像婴儿在摇篮里晃悠！"甘娜指着池塘继续说道。黑幽幽的槭树林阴森地环绕着池塘，柳树将凄凉的枝条没入池水，显得十分悲伤。池塘像一位衰弱无力的老者，将遥远而昏暗的夜空拥入他清凉的怀抱，给性情火热的群星送上一个个冰冷的吻。而满天繁星则在温煦的夜空中了无生气地缓缓移动，仿佛已预感到那光华四射的夜晚之王①行将莅临。山上的林子边上，一座古老的木屋门窗紧闭，岿然兀立。

---

① 指月亮。

屋顶被青苔和野草覆盖着。窗前生长着几株枝叶婆娑的苹果树。树林的阴影荫翳着木屋，为之投上一层灰暗的色彩。一片胡桃树丛自它的墙基处铺展开来，一直绵延至池塘岸边。

"我恍恍惚惚地记得，"甘娜目不转睛地望着他说，"很久以前，那时候我还小，和妈妈生活在一起，就听人说起过关于这座房子的可怕故事。列夫科，你肯定也知道，给我讲讲吧！……"

"你怎么啦，我的小美人儿？那些娘儿们和蠢人们瞎说的事情有什么好听的！你只会担惊受怕，连一个安稳觉也睡不成了。"

"你就讲讲吧，讲讲吧，亲爱的黑眉毛小伙儿！"她把自己的脸紧贴在他的脸上，搂抱着他说，"不行！你大概是不爱我了，有了别的姑娘。我不会害怕的，夜里准定睡得很安稳。你要是不讲，我反倒睡不着。我只会坐立不安，念念不忘……你就讲吧，列夫科！……"

"看来人们说得很对，姑娘家都有鬼魂附体，老是挑动她们的好奇心。好的，你就听着吧，我的心肝宝贝儿。很久以前，这座房子里住着一个百人长。这百人长有一个女儿，是一位天真无邪的小姐，皮肤像你的小脸蛋儿一样雪白。百人长的妻子早已过世，他想另娶一个女人。'爸，你娶了后妈，还会像过去一样疼爱我吗？''会的，我的闺女，我会比原先更加心疼你的！会的，我的闺女，我还会给你买更加漂亮的耳环和项链呢！'百人长将一位年轻的妻子娶到了一座新的房子里。这位年轻妻子生得很漂亮，面如桃花，肌肤雪白。可是她用眼睛瞪起继女来十分凶恶，继女一见到她便吓得失声叫喊。这位心狠的后娘整天不说一句话。入夜了，百人长领着年轻的妻子进了他那豪华的卧室，小公主也锁上了她楼上那间小屋的门。她很伤心，哭泣起来。猛一瞧，有只可怕的黑猫正偷偷地向她蹑足走过来。猫身上的毛闪闪发亮，钢铁般的爪子抓得地板咔嚓嚓地响。她毛骨悚然，一下子跳到了长凳上，可猫却紧随其后。她又跳到炕上，而猫也蹦到了那里，并且猛地扑向她的脖颈，咬得她透不过气来。她大叫一声，挣脱凶猫，将其摔到了地上，但可怕的畜生再次步步进逼。她正忧心如焚，忽然瞥见墙上挂着父亲的马刀。她抓住刀，哐啷一声掷向地面——猫的一只铁爪子被斩断了，它尖叫着消失在黑暗的角落里。次日，年轻的后娘一整天都没有迈出她卧室的房门。第三天，她出门时，一只手缠着绷带。可怜的小姐终于猜到了，她的后娘是个妖精，那只手就是她斩断的。第四天，百人长强令女儿干挑水、打扫屋子等普通农妇干的苦活儿，不许她走进主人的卧室。可怜的女儿伤心极了，但她毫无办法，只有按父亲的意志行事。第五天，百人长将自己的女儿赤着脚赶出家门，连一小块儿面包都不肯给她路上吃。这时候，小姐只能双手捂住白皙的面庞号啕痛哭。'爸呀，你毁掉你的亲生女儿了！那妖精也毁掉了你有罪的灵魂！愿上帝饶恕你，而我这个不幸的人呢，看来上帝是不让再活在人世上了！……'就在那个地方，你看见了吗……"这时，列夫科用手指着那座房子，回过头来对甘娜说，"往那边看，离开房子稍远一点儿的地方，就是池塘那最高的岸边！小姐就是从那岸上跳进水里的。从那时起，人世上就再也没有她了……"

"那么妖精呢?"甘娜怯生生地打断了列夫科的话,泪眼婆娑地望着他。

"妖精?老太婆们谣传说,从那个时候起,每当月明之夜,所有的女落水鬼都要上岸来到百人长的花园里晒月光。百人长的女儿做了她们的头领。一天夜里,她在池塘边看见了自己的后娘,便猛扑上去,尖叫着将其拖进了水中。然而那妖精当即想出了诡计:在水底下摇身一变,也变成了一个女落水鬼,这样一来她就逃脱了一顿鞭打——女落水鬼们本来是想用绿色芦苇编成的鞭子狠抽她一顿的。你就相信娘儿们的话去吧!她们还说,每天夜里小姐都要把女落水鬼们召集起来,逐个地细看她们的脸,一心想辨认出她们之中谁是妖精,但是直到如今也没能辨认出来。要是碰巧遇见一个生人,她必定立刻强求他去猜测谁是妖婆,不去便会威胁将他淹死。我的小甘娜,老人们就是这么说的!……现在的房主要在那个地方建一座酿酒作坊,为此还派来了一位酿酒师傅……可是,我听见说话的声音了,准是我们的人唱完歌回来了。再见吧,小甘娜!安心地睡吧,别再去想这些娘儿们编造的故事啦!"

说完,他紧紧地拥抱她,亲吻了一番,便抽身离去了。

"再见,列夫科!"甘娜说罢,若有所思地凝望着黑魆魆的树林。

这时候,一轮巨大的火红的月亮壮丽地从地底冉冉上升,有一半尚在地面之下。整个世界已经洒满了富有庄严意味的光辉,池塘熠熠闪亮。树影落到黑沉沉的草地上,显得格外分明。

“再见了，甘娜！”她身后有人说话，同时给了她一个吻。

“你又回来了！”她说着，回过头去，可是看见站在自己面前的是一个陌生小伙子，便把头扭向了一旁。

“再见，甘娜！”又有人说了一句，吻了吻她的脸颊。

“真见鬼，又来了一个！”她生气地说。

“再见了，亲爱的甘娜！”

“还有第三个！”

“再见！再见！再见！甘娜！”四面八方都有人连连吻她。

“他们一大帮人全来了！”甘娜喊着，好不容易才从争先恐后拥抱她的一群小伙子中挣脱出来，“他们不停地亲吻人家也不嫌烦！真是的，以后再也不能在外头露面了。”

说罢这番话之后，她便进屋去关上了门，只听得铁门闩哗啦啦地响了一阵。

二、村长

你们熟悉乌克兰的夜晚吗？噢，你们并不熟悉乌克兰的夜晚！那就仔细瞧瞧这夜色吧。月亮自中天俯视着下界。高远辽阔的苍穹向四外延展，变得更加茫无涯际。它仿佛饱含激情，充满活力。整个大地沐浴着银色的光辉。奇妙的空气既清凉又燠热，既充满着闲情逸致，又搅扰得芳香四溢。神奇的夜晚！迷人的夜晚！黑沉沉的森林凝然不动而又精力充沛地矗立着，投下巨大的阴影。一个个池塘寂静而安谧，清凉而幽暗的池水阴郁地被禁锢在花园那深绿色的围墙之内。一簇簇原生的稠李和樱桃树丛，怯生生地将它们的根须伸入清冽的泉水。偶尔，夜风像英俊的纨绔子弟似的，悄然猛扑过来亲吻它们的时候，它们的叶子便会簌簌低语，仿佛在嗔怪和气愤。整个大地睡意沉沉。而高天之上，一切的一切依然是那样生机勃勃、奇妙无比、雄伟壮丽，令人顿觉心旷神怡，一幕幕银色的幻景在心底油然而生。神奇的夜晚啊！迷人的夜晚啊！而骤然之间，森林呀，池塘呀，原野呀，通通苏醒了过来。乌克兰夜莺嘹亮的啼声此起彼伏，天顶的月亮仿佛也在凝神谛听……高地上的村庄似乎中了魔法，兀自昏昏欲睡。一座座农舍在月光下显得更加洁白，更加耀眼。它们那一面面矮墙，从幽暗中凸显出更加清晰的轮廓。歌声业已停息，万籁俱寂。笃信宗教的人们酣然入睡。仅有几处狭小的窗口透露出灯光。另外几家的门前，晚归的家人还在吃着迟延了的晚饭。

"咳，戈帕克舞并不是这么个跳法！我可看出来了，一点儿也不着调。干亲家是怎么说的来着？……对了：咯噗——嗬啦啦！咯噗——嗬啦啦！咯噗！咯噗！咯噗！"一个醉醺醺的中年汉子在街上一边跳舞，一边自言自语。"真的，戈帕克舞可不是这么个跳法！我干吗要说谎！真的，不是这个样子！是这样：咯噗——嗬啦啦！咯噗——嗬啦啦！咯噗！咯噗！咯噗！"

"瞧这人，呆头呆脑的！要是个小伙子倒也罢了，可他已经是个老男人了，深更半夜的还在街上跳舞，孩子们见了也会笑话的！"一个过路的上了年纪的妇人，手提一捆麦秸，高声大嗓地说，"快回家去吧！早就该睡觉了！"

"我这就回去！"那汉子站住说道，"我这就回去了。我才不管他什么村长不村长呢，见他娘的鬼去吧！他自以为是村长，就不顾天寒地冻给人家浇冷水，也太自高自大了！哼，村长，村长，我就是自己的村长。哪怕杀了我，我也是自己的村长！就是这么回事，并不是……"他喋喋不休地说着，来到第一座农舍近旁，站在窗前，用手指在玻璃上摸索，一心想找到木头把手，"老婆，开门呀！老婆，快点儿，跟你说话呢，快开门！哥萨克该睡觉了！"

"卡列尼克，你这是去哪儿呀？你跑到别人家的门前来啦！"他的身后，一群唱完歌回家的姑娘哈哈大笑着对他叫喊，"要不要给你指一指你家的房子？"

"指一指吧，好姑奶奶们！"

"姑奶奶？你们听见没有，"一个姑娘接上话茬儿，"卡列尼克多客气呀！就凭这一点，也得给他指一指家门……不过，不行，你先跳个舞再说！"

"跳舞？……嘿，你们这帮姑娘的鬼主意可真多呀！"卡列尼克拖腔拖调地说，一边伸出一个指头做出威胁的姿势，一边踉跄着乱窜着，因为他的一双腿已经站不稳了，"肯让我亲一亲吗？我都亲，全亲到！……"说着，他便东倒西歪地迈步朝姑娘们追去。

姑娘们发出尖叫，乱成一团。不过，稍后她们就发现卡列尼克的腿不太灵便，于是便振作起来，跑到街道的另一边去了。

"那不是你的家嘛！"她们一边走开，一边指着村长住的那座比别的农舍大得多的房子对卡列尼克高喊。卡列尼克顺从地朝那个方向蹒跚而去，重又开始骂起村长来。

可是，村长究竟是什么样的人呢？为何会招来如此之多的非议和闲话？噢，这位村长可是村里的显要人物。趁卡列尼克尚未到达他的终点之前，我们无疑来得及谈谈村长的某些逸闻。全村人远远地看见他，都要脱帽致敬。姑娘们呢，即使是黄毛丫头，也要向他问安。年轻人谁不想当村长呀！人人的鼻烟都可供村长自由取用，所以即便是一条壮汉，在村长将粗大的手指伸进其树皮制作的鼻烟壶时，他也只能脱下帽子，自始至终肃立恭候。尽管村社大会上投票拥护村长的人寥寥无几，但他却次次都能胜出。他几乎可以随心所欲地差遣他人去平整道路或者修渠挖沟，爱派谁就派谁。村长总是阴沉着脸，威风凛凛，不苟言笑。很早很早以前，还是已故的叶卡捷琳娜女皇陛下南巡克里米亚之时，他曾被选中充当向导。整整两天，他履行这份职责，甚至有幸与皇家车夫一道坐在驭手的座位上。从那时起，村长便学会了摆出一副俯首沉思、不可一世的架势，捋着长长的向下卷曲的胡须，用鹰隼般的目光皱眉蹙额地看人。从那时以来，无论别人同他谈起什么事情，他总会巧妙地将话题扯到他如何为女皇带路、如何坐上皇家马车驭座的故事上去。间或他也喜欢装聋作哑，尤其是听到逆耳之言的时候。村长无法容忍奇装异服：他老是穿一件黑色的家织粗呢子短外衣，系一条彩色的毛织腰带。谁也不曾看见他穿过别的服装，只有女皇巡幸克里米亚那次例外，当时他穿的是一件哥萨克式蓝色短外衣。不过，整个村子里未必有谁还记得那个年代，而那件短外衣也被他一直锁在箱子里了。村长是个鳏夫，但有个小姨子住在他家，为他烧水做饭、扫地抹桌、织布缝衣，料理各种家务。村里风传，似乎她根本不是他的小姨子。然而，我们已经注意到，对村长不怀好意的人很多，他们都乐于散布各种流言蜚语。不过，有一件事或许也为此提供了口实，那就是：每当村长到女人们正在播种的地里去，或者进了有着年轻女儿的哥萨克的家门，小姨子总是很不高兴。村长是个独眼龙，但即便这只绝无仅有的眼睛也会干坏事：大老远就能瞅见模样俊俏的女村民。可是，他将独眼瞄向漂亮的脸蛋儿之前，先得往四下里瞧个仔细，看看小姨子是否躲在什么地方窥视他。至此，有关村长的情况，需要说的我们差不多都说了。而醉汉卡列尼克尚未走完一半的路程，他依然在时断时续、慢慢吞吞地转动他的舌头，用所能想到的种种不堪入耳的污言秽语"款待"村长。

三、意外的情敌

"不，小伙子们，我不想玩儿了！这么闹腾算啥事儿呀！老是调皮捣蛋，你们不嫌烦吗？本来人家就说我们太爱惹事了。最好回家睡觉去吧！"列夫科这样对他的那些玩伴们说道。其实，他们还怂恿他再玩一些淘气的花样。"再见了，伙伴们！祝大家晚安！"说罢，他便快步离开他们，沿着街道走了。

"我那明眸俊眼的甘娜睡了没有呢？"他心中思忖着走近我们已经熟识的那座遍植樱桃树的农舍。一片静谧之中，传来一阵低低的说话声。列夫科停下了脚步。树木之间隐约可见一个穿白衬衫的人……"这是怎么回事？"他心里琢磨着，蹑手蹑脚地向前靠近，躲在一棵大树后面。月光映照出了站在他对面的一个姑娘的脸庞……这不是甘娜嘛！然而，背对着他站立的那个高个子男人又是谁呢？他仔细打量了许久，仍是徒劳：树荫将那人从头到脚都遮掩住了，只有身子前方还微微有些亮光。可是，列夫科哪怕向前挪动一小步也会被发现，那就糟了。他不声不响地紧贴树干，决定待在原地。姑娘清清楚楚地提到了他的名字。

"列夫科？列夫科还是个乳臭未干的娃娃！"高个子男人哑着嗓子低声说道，"若是在你这里碰见他，我就揪掉他的头发……"

"我倒想知道，是哪个坏蛋敢夸口要揪掉我的头发！"列夫科悄悄嘀咕了一句，伸长脖颈，力求不要漏听一句话。但是，那个陌生男人始终声音很低，叫人什么也听不清楚。

"你真不害臊！"甘娜在那人讲罢之后说道，"你在撒谎，你在骗我。你并不爱我，我绝不会相信你爱我！"

"我知道，"高个子男人继续说道，"列夫科给你讲了一大堆闲言碎语，搅昏了你的头脑。"这时候小伙子才觉得，这个陌生人的嗓音并不十分陌生，似乎什么时候曾经听到过。"不过我会教训列夫科的！"那个陌生男人依旧在一个劲儿地说着，"他以为我不明白他那套鬼把戏。这个狗崽子，我一定要让他知道我拳头的厉害。"

听了这话，列夫科再也忍不住满腔的怒火了。他几步冲到那人身边，奋力扬起手臂，决意扇其一个耳光。一旦出手，尽管陌生人身强体壮，恐怕也会被打翻在地。然而正当此时，月光照到那人脸上，列夫科顿时惊得呆若木鸡：他一眼瞥见，站在他面前的竟然是他的父亲。他唯有下意识地摇了摇头，透过牙缝轻轻吹了一声口哨，以此表达他的惊讶之情。旁边响起一阵嚓嚓的脚步声，甘娜已急忙跑进屋里，砰的一声随手关上了房门。

"再见了，甘娜！"这时候，一个小伙子偷偷上前一把搂住村长，嘴里这样喊道。谁知他碰上了村长那硬邦邦的胡茬儿，吓得不禁往后一跳。

"再见了，美人儿！"另一个小伙子也喊了一声。可是，这一回他被村长狠狠地朝头上推了一把，便飞快地跑开了。

"再见了，再见了，甘娜！"几个小伙子连声呐喊，一起搂住村长的脖子。

"滚开，该死的坏家伙们！"村长一边吼叫，一边挣脱身子，同时用脚踹他们，"你们当我是甘娜呀！狗娘养的家伙们，还不快滚远点儿，都跟你们的老爹一起上绞刑架去吧！你们像苍蝇叮上蜜似的纠缠甘娜！看我不收拾你们！……"

"村长！村长！这是村长呀！"小伙子们惊叫起来，四散而逃。

"老爹真行呀！"列夫科从惊愕中回过神来，望着骂骂咧咧离去的村长的背影说道，"你居然会耍这套鬼把戏！太棒了！怪不得我一提起那件正事，他总是装聋作哑，我反倒还在那里一再琢磨，这究竟是怎么回事。你等着瞧吧，老家伙，我要让你明白去年轻姑娘的窗子底下游荡是怎么回事，让你知道抢夺别人未婚妻的后果！喂，伙伴们，都过来！都过来呀！"

他一边喊叫，一边朝重新聚在一块儿的小伙子们连连招手，"快到这儿来！我刚才还劝你们回家睡觉去，可是现在改变主意了。我准备和你们一起尽兴地闹腾，闹它个通宵也行呀！"

"这才像话嘛！"一个膀阔腰圆的小伙子说，此人在村中被视为头号浪荡公子和纨绔子弟，"要是不能痛痛快快地玩一玩，而且玩出点儿新花样来，我总觉得闷得慌，好像丢了帽子或者烟斗似的——总之，不像个哥萨克了，就这样。"

"你们同不同意今天好好气一气村长呀？"

"气村长？"

"对，气村长。真不知道他打的什么主意！他在我们村里盛气凌人，像个盖特曼①似的。他不单把我们当成奴隶一样任意欺压，还要向我们的姑娘献殷勤。我看，全村没有一个好看的姑娘不曾被他纠缠过。"

"真是这样！真是这样！"所有的小伙子都异口同声地高喊道。

"伙伴们，我们怎么是奴隶呢？难道我们不也是像他一样的人吗？感谢上帝，我们是自由的哥萨克！伙伴们，我们要向他证明，我们都是自由的哥萨克！"

"向他证明！"小伙子们高声响应，"对了，既然要收拾村长，那也不能放过文书！"

"不能放过文书！恰巧我脑子里想好了一首讽刺村长的有趣的歌。来吧，我这就教你们唱。"列夫科接上话，猛拨了一

---

① 十五至十八世纪波兰、乌克兰、立陶宛大公国军队指挥官的头衔。

下班杜拉琴的琴弦，"嘿，听我说，大家都去换换衣服，随便穿什么都行！"

"闹腾吧，哥萨克的好汉们！"那个壮实的浪荡公子使劲儿将双脚一碰，猛拍巴掌，"多么美！多么自由啊！只要一闹起来——你就觉得，又恍惚想起了早年的日子，心里又快活又舒畅，灵魂好像进了天堂一样。喂，伙伴们，都闹腾去吧！……"

于是，一群人沿着街道飞奔而去。笃信宗教的老太婆们被叫喊声惊醒，拉开小窗子，睡眼惺忪地画着十字，喃喃自语："唉，这些年轻人呀，这时候了还在疯闹！"

四、年轻人们疯闹

只有街道尽头的一座房子里还亮着灯光。那是村长的住宅。村长早已吃过晚饭，毫无疑问，也早就该酣然入睡了。然而，此时他正接待一位来客，就是地主派来开办酒坊的那名酿酒师傅——地主在自由哥萨克的土地上有一块地皮。客人坐在圣像正下方的上席。这是个矮矮胖胖的人，一双小眼睛老是笑眯眯的，似乎在显示他抽短烟斗所获得的怡悦心情。他一刻不停地啐着唾沫，同时不断用一根手指去按烟斗上不断往上冒的已化为灰烬的烟丝。一团团烟云在他头顶上迅速扩散开来，他被笼罩在一片灰色的烟雾之中。他犹如某家酿酒作坊的大烟囱，在房上待厌烦了，忽然想要下来溜达一圈，于是便一本正经地坐到了村长家中的餐桌旁。他的鼻子下面翘着两撇又短又浓的胡子，透过烟雾看上去模模糊糊、忽隐忽现，仿佛是他打破了看管粮仓的老猫的垄断权，抓捕一只老鼠含在嘴里。村长作为主人，只穿了衬衫和亚麻布灯笼裤坐在那里作陪。他那只鹰隼般的独眼犹如西下的夕阳，开始逐渐闭合，偶尔闪亮。桌子一端，村里的一个甲长抽着烟斗。他是村长的下属，出于对主人的尊重，也身穿短外衣端坐在那里。

"您是不是打算，"村长用手捂住打哈欠的嘴巴，扭头对酿酒师傅说，"很快就把酿酒作坊建成投产？"

"如果上帝相助，也许今年秋天就能出酒。我敢打赌，到了圣母帡幪节①，村长大人准会喝得走起路来东倒西歪的。"

说罢这番话，酿酒师傅的两只小眼睛消失不见了，取而代之的是一直延伸到耳际的两丝亮光。他笑得整个身躯都颤动起来，一时高兴得嘴唇也离开了烟斗。

"但愿上帝保佑，"村长似笑非笑地说，"幸好现在又有几家酒坊开业了。可是当年我恭送女皇经过佩列亚斯拉夫大道那会儿，还有已经过世的别兹博罗德科②……"

"哎，老兄，你怎么又想起当年来了！那时候从克列缅丘格直到罗姆内，总共也就两家酒坊。可如今呢……你听说过该死的德国佬都想出了一些什么新花招吗？据说，他们很快就不再像诚实的基督徒那样用木柴造酒，而是用什么鬼蒸汽了。"酿酒师傅说这话时，一直心事重重地望着桌子和自己搁在桌上的双手，"怎么能用蒸汽呢？我真弄不明白！"

"愿上帝饶恕我直言，这些德国佬简直是傻瓜！"村长说，

---

① 东正教的圣母帡幪节在俄历 10 月 1 日。
② 叶卡捷琳娜的重臣，特级公爵。

"我真想拿棍子揍这些狗娘养的家伙一顿！蒸汽还可以煮东西，听说过这种事情吗？要是那样，一勺红甜菜汤也不敢喝进嘴了，不把你的嘴唇烫得像乳猪才怪呢……"

"大兄弟，"盘腿坐在炕上的小姨子搭腔了，"这整个期间你都不带'屋里的'来，就一个人住在我们这儿了？"

"我要她来干吗？如果是什么好货，那倒是另一回事。"

"莫非长得不漂亮？"村长用他那只独眼盯着酿酒师傅问。

"哪里还谈得上漂亮！老得像魔鬼，满脸的皱纹，活像一个掏空了的钱袋子。"酿酒师傅哈哈大笑，矮墩墩的身躯东摇西晃。

正值此时，门外响起摸摸索索的声音。房门敞开，一个庄稼汉跨过门槛，也不脱帽，若有所思地站在屋子中间，张大嘴巴打量着天花板。这正是我们已经认识了的卡列尼克。

"我总算回到家啦！"说着，他坐到门边的长凳上，根本不理睬在场的人，"瞧瞧，魔鬼这龟儿子把路抻得有多长！走啊，走啊，就是走不到头！两条腿好像给人打断了似的。老婆，快把皮袄拿来，给我垫到身子底下。我可到不了你跟前上炉炕，到不了——腿疼着呢！把皮袄拿来，它就搁在圣像旁边嘛！不过要当心，别把装烟末的瓦罐打翻了。要不算了，别拿！别拿！你今天兴许已经喝醉了……得了，还是我自己拿吧！"

卡列尼克略微站起身来，但一种无法抗拒的力量又将他牢牢地禁锢在了长凳上。

"我可不喜欢这样，"村长说，"闯进别人的屋里来，倒像在自己家里一样发号施令！还不趁早把他给我赶出去！……"

"老哥，你就让他歇一会儿吧！"酿酒师傅拉住他的胳膊说，"这样的人有好处：这种人多了，我们酒坊的生意也就好了……"

不过，这番话并非出于好心肠。酿酒师傅迷信各种预兆，把一个已经坐到凳子上的人立即赶走，那会招灾惹祸的。

"不知怎么就快老啦……"卡列尼克嘟哝着躺在了长凳上，"要是真喝醉了，倒也罢了，可不是那么回事，并没有醉。我真的没喝醉嘛！我撒谎干吗？就是当着村长的面，我也要这么说。村长算老几？这个狗娘养的，叫他不得好死！我要向他吐唾沫！让这独眼鬼遭大车碾死！天寒地冻，他干吗往人家身上浇冷水……"

"哼！猪闯进别人的屋里，还要张牙舞爪！"村长火冒三丈，从座位上站起来说道。但就在这个时候，一块挺重的石头当啷一声砸碎窗户，飞到了村长脚下，他这才止步不前。"我要是知道了这石头是哪个该绞死的家伙扔的，"他边捡石头边说，"看我不收拾他才怪。能这么扔石头吗？这也太胡闹了！"他用愤怒的目光打量着手中的石头，继续说道，"让他叫这块石头噎死了才好呢……"

"别说了，别说了，上帝保佑你，老哥！"酿酒师傅脸色煞白，接过话头，"上帝保佑你，无论阳世阴间，哪有这样咒骂人的呀！"

"还有人替他辩护呢！叫他不得好死！……"

"老哥，别这么想！你大概不知道我过世的丈母娘遇到的那件事情吧?"

"你丈母娘?"

"是呀,丈母娘。一天傍晚,可能比这会儿稍早一点儿,大家坐下来吃晚饭:有我已经过世的丈母娘和老丈人、一个男用人、一个女用人,还有五个孩子。丈母娘把一些面疙瘩从大锅里盛到一个盆子里凉着,免得吃起来太烫。干了一天的活儿,大家都饿了,不想等凉了再吃,于是把面疙瘩穿到长长的木签子上,吃了起来。忽然之间,不知从哪儿来了一个人(上帝才知道他是什么人),央求让他也一起吃饭。哪能不让一个饿着肚子的人吃东西呢——也就给了他一根签子。可是这客人吃起面疙瘩来狼吞虎咽,像母牛卷食干草似的。待到大伙儿吃完一个,再用木签去扎另外的面疙瘩的时候,盆底已经光光的,一个不剩了。丈母娘又盛来一些,心想客人已经吃饱了,总会吃得少些了吧。才不是那么回事呢——他吃得更来劲儿了!第二盆也光了!'让这些面疙瘩噎死你去!'饿着肚子的丈母娘心中暗想。谁知那客人猛地呛得咳嗽了一声,就一头栽倒在地。大家跑上前去一看,已经咽了气——那人真的噎死了。"

"可恶的贪吃家伙,他死了活该!"村长说。

"就算这样,事情仍然没有完:自打那时候起,我的丈母娘一直不得安生。一到夜里,那死鬼就来了。该死的家伙骑在烟囱上,嘴里叼着一个面疙瘩。白天倒还平安无事,不见他的动静,可是天刚一黑——你就瞧房顶吧,那狗娘养的又骑在烟囱上了。"

"也叨着面疙瘩吗?"

"叨着面疙瘩。"

"老弟,这可太奇怪了! 我也听见过一件类似的事情,那还是在已故女皇在位的时候……"

说到这里,村长突然住了嘴。窗外响起了一片喧闹声和跳舞的踢踏声。起初班杜拉琴轻弹缓拨,有一个人随声唱了起来。随后琴声大作,若干人放声唱和,歌声像旋风般骤然轰响起来:

> 伙伴们哪,听说了吗?
> 咱们的头儿①快完蛋啦!
> 独眼村长像只桶,
> 桶板已经散了架。
> 桶匠快拿铁箍来,
> 紧紧给他箍几匝!
> 桶匠快拿棒槌来,
> 狠狠给他砸一砸!
>
> 村长独眼还白了头,
> 老得像魔鬼加傻瓜!
> 老傻瓜任性又好色,
> 硬把姑娘们缠不罢!

---

① 影射村长——俄语中"村长"与"头"为同一个词。

他若敢招惹小伙子，

棺材就成了他的家！

你揪胡子我卡脖，

拽着头发往里拉！

"多好听的歌呀，老哥！"酿酒师傅稍稍扭过头来对村长说道。村长听了这无礼的话，吃惊得目瞪口呆。"真好听！只是提到村长的那些话，不太礼貌……"他又把手搁到桌上，目光中流露出深受感动的神情，并且准备听下去，因为窗外爆发了一阵阵哄笑声和"再来一遍！再来一遍！"的叫喊声。然而，目光敏锐的人当即便会发现，村长并非因为吃惊而久久按兵不动。他只是像久经历练的老猫那样，一时之间任由缺少经验的老鼠在自己的尾巴近旁跑来跑去，其实此时它正在快速地谋划，如何截断老鼠返回巢穴的退路。村长的独眼始终盯着窗口，但一只手已然向甲长打了个暗号，并且抓住门上的木头把手，悄悄拉开了门，结果外面骤然掀起一阵惊叫声……酿酒师傅除去其他许多优点，还极富好奇心，于是他草草地给烟斗装上烟丝，飞奔到了门外。然而，淘气鬼们早已四散逃走了。

"没门儿，你休想从我手里溜掉！"村长抓住一个反穿黑羊皮袄的人的胳膊，高声吼道。酿酒师傅趁机跑上前来，想瞧瞧这个搅扰安宁的人的脸，但一瞥见那长长的胡须和涂得狰狞可怕的面孔，便吓得连连倒退。"没门儿，你休想从我这儿溜掉！"村长一边吼叫，一边继续将他的俘虏径直往门厅里拉。那人丝毫也不抗拒，反倒乖乖地跟着他走，仿佛跨进自己的家门似的。

"卡尔波，快把仓库打开！"村长对甲长说，"我们把他关进黑屋子里去，然后叫醒文书，把甲长们召集起来！我们要把这一伙捣乱分子统统逮捕归案，今天就判决他们！"

甲长站在门厅里，咔嗒一声将仓库的小挂锁打开，推开了库门。正在这时，俘虏趁着门厅里黑灯瞎火之机，猛然铆足力气，从村长的手中挣脱了出来。

"你往哪里逃！"村长大喝一声，使出更大的劲头抓住那人的衣领。

"放开，是我呀！"那人用尖细的嗓音说。

"这不管用，不管用的，老弟！别说你装成女人，就是学鬼叫，也骗不了我！"说着，他一把将那人搡进了黑咕隆咚的仓库。可怜的俘虏摔倒在地，发出了呻吟，而村长则由甲长陪同着前往文书的家。酿酒师傅也尾随着他们，嘴里冒出滚滚浓烟，宛如开来了一艘轮船。

他们三个人都低着头，满腹心思地行进着。正值拐进一条黑洞洞的小巷之际，他们的额头猛然遭到重重的撞击，不禁齐声叫喊了起来。回应他们的同样是一阵叫喊。村长眯缝起独眼细看，才看清是文书和两个甲长，吃了一惊。

"我正要去找你呢，文书先生。"

"我也是要去找您老人家呢，村长大人。"

"出了怪事了，文书先生。"

"古怪的事情可多了，村长大人。"

"你说的是什么？"

"小伙子们发疯了，成群结伙地满街胡闹，对您老人家大肆嘲弄，那些污言秽语呀……我简直羞于说出口。就是莫斯科佬喝醉了酒，嚼舌头亵渎神灵，也不敢说这种话啊！（骨瘦如柴的文书身穿花粗布灯笼裤和酒酵母色坎肩，说这番话时，屡屡向前伸长脖子，又立即恢复原状。）我刚刚打了一会儿盹儿，就被这帮浑小子那不堪入耳的歌声和敲敲打打的噪声吵醒了！本想狠狠教训他们一顿，可是，等我穿好裤子和坎肩，他们全都一哄而散，跑得无影无踪了。不过，那领头的家伙可没能逃出我们的手心。这会儿他正在关押囚犯的屋子里放声歌唱呢。我急于想认清这个家伙究竟是谁，可那副嘴脸涂满了煤烟，活像给罪人钉铁钉的魔鬼。"

"他穿的什么，文书先生？"

"这狗娘养的，穿的是一件黑色翻毛羊皮袄，村长大人。"

"你没说假话吧，文书先生？要是这个坏小子现在正蹲在我的仓库里，那又是怎么回事呢？"

"不至于吧，村长大人。我说了你可别生气，是你自己有点儿糊涂了吧？"

"掌灯！咱们瞧瞧他去！"

灯拿来了。门刚一打开，村长便"啊呀"一声惊叫起来：他面前站着的竟然是自己的小姨子。

"你倒是说说，"小姨子边说边逼近村长，"你是不是彻底发疯了？你那个长着独眼的脑袋瓜里还有一点儿脑筋没有？你居然把我推进了黑咕隆咚的仓库！幸好我的头没撞到铁钩上。难道我没向你大声叫喊，说这是我吗？你这个该死的狗熊，只知道拿你的铁爪子抓住人，就一个劲儿地往里推！你到了阴曹地府，让小鬼们也把你推来搡去！……"

最后几句话是她出门往外面走的时候说的，她出去是为了方便方便。

"这不，我现在才看出来是你呀！"村长醒悟过来后说道，"文书先生，你说那个该死的无法无天的家伙是不是骗子？"

"是骗子，村长大人。"

"我们是不是应当把这帮浪荡子全都狠狠地收拾收拾，让他们务点儿正业呢？"

"早就应当了，早就应当了，村长大人。"

"这帮坏蛋，他们以为……见鬼，我好像听见小姨子在外面叫呢……这帮坏蛋！他们以为可以和我平起平坐，把我也当成了一个普通的哥萨克！"接着，他清了清嗓子，眉头一皱，用那只独眼扫视了一圈。这就让人猜到，村长准备讲述一件重要的事情了。"那是在一千……这些该死的年份，打死我也说不清楚。嗯，反正就是那一年，当时的警官列达切伊奉命从哥萨克中挑选一个最机灵的人。嘿！"村长说这声"嘿"时，竖起了一根指头，"可是最机灵的人哦，去护送女皇了！我当时……"

"那还用说嘛！这是人人都知道的事情嘛，村长大人！大家都知道，你受过皇家的恩惠。现在你得承认，我说的话是对的。你说已经抓到了那个反穿皮袄的坏小子，是不是有点儿对不住良心？"

"要说那个反穿皮袄的鬼东西，简直就该给他戴上脚镣手铐，首先严惩，以警告其他人。要让他们知道权力的厉害！指派村长的若不是皇上，还能是谁呢？然后我们再收拾其他坏小子！我可忘不了，正是那帮可恶的捣蛋鬼把一群猪赶进我的菜园，吃光了我的白菜和黄瓜；我可忘不了，那些鬼东西硬是不肯给我打场；我可忘不了……不过，都让他们见鬼去吧！我需要的是立马搞清楚，那个反穿皮袄的骗子究竟是什么人。"

"看来，这准定是个机灵鬼！"酿酒师傅说。在整个谈话过程中，他都不停地往他那好似攻城大炮的口腔里装填烟幕弹，双唇一离开短短的烟斗，便喷出一团团烟雾。"万一不行，把这家伙关到酒坊里干活儿，倒也不坏。要不，就把他吊在橡树顶上当圣灯点，那样更好。"

酿酒师傅自以为他的这番俏皮话很不错，没等别人赞许，便自我欣赏地发出嘶哑的笑声。

这时候，他们逐渐靠近了那座小小的几乎坍塌到地面的农舍。一行人的好奇心更加强烈了，大家挤在门边。文书掏出钥匙，把锁捅得咔嗒咔嗒乱响。原来，这是他箱子的钥匙。大家等得不耐烦了。他伸手在衣兜里摸索起来，一时找不到，嘴里便骂骂咧咧。"在这儿哪！"他终于说道，因为他总算在自己那条粗花布灯笼裤宽大的裤兜尽底下掏出了钥匙。听到此话，我们这群主人公的心脏仿佛合而为一了。这颗硕大的心脏跳动得太过猛烈，那慌乱的怦怦之声，连铁锁开启的当啷声也未能将其压住。房门洞开，结果村长的脸色一下子变得像亚麻布似的煞白。酿酒师傅顿觉周身冰冷，头发直竖起来，仿佛要凌空飞走。文书面露惊恐万状之色。甲长们一个个宛如在地上生了根，合都合不上自己的嘴。原来，站在他们面前的又是小姨子。

小姨子的惊愕不亚于他们，但稍稍清醒之后，便举步要向他们走过去。

"站住！"村长狂暴地大吼一声，砰地关上门，阻止了她，"先生们！这准是魔鬼！"他继续说道，"拿火来！快拿火来！我不惜烧了这座公房！快烧死她，要烧得这妖精尸骨不留。"

小姨子听见门外所作出的严刑裁决，吓得狂呼乱叫。

"伙计们，你们怎么啦！"酿酒师傅说道，"我的上帝呀，你们头发都快白了，可是至今还不懂事：拿普通的火是烧不了妖精的！只有从烟斗里引燃的火才能烧死千变万化的妖怪。等一等，我马上就弄好了！"

说罢，他将烟斗里还在燃烧的烟灰抖到一小捆麦秸上，用嘴吹了起来。这时候，绝望之情使可怜的小姨子平添了一股勇气，她开始高声哀求和劝说他们。

"别忙，伙计们！干吗要平白无故地作孽造罪呢？兴许她根本就不是什么妖精。"文书说，"要是关着的那个家伙肯在自己身上画十字，那就确定无疑，证明她不是鬼怪了。"

大家都赞同这个办法。

"躲开我，魔鬼！"文书将嘴唇紧贴在门缝上，接着说道，"要是你待着别动，我们就开门。"

门打开了。

"你画个十字！"村长说，同时回头张望，一旦需要退却，好找个安全地点。

小姨子画了一个十字。

"活见鬼！这的确是小姨子呀！"

"大妹子，是什么妖精把你拽到这破屋子里来的？"

于是，小姨子抽泣着诉说了事情的经过：一群小伙子在街上拦腰抱住了她。尽管她拼命反抗，他们还是将她塞进这屋子的大窗户里，还用护窗板钉死了窗口。文书抬眼一瞧，宽大的护窗板的合页果然已经被拧掉，板子全靠一根方木从外面钉了上去。

"你这个没用的东西，独眼的魔鬼！"她逼近村长，大声叱骂。村长连连后退，仍然一直在用那只独眼打量着她。"我知道你打的如意算盘：你巴不得找个机会烧死我，你好放心大胆地去纠缠大姑娘，再也没人盯着你这老不死的了。你以为我不知道你今天晚上跟甘娜都说了些什么吗？哼！我全都知道。我可不是你那蠢脑袋瓜子骗得了的。我已经忍了很久了，从今往后你别怪……"

说罢这一席话，她挥了挥拳头，迅即扬长而去，撂下村长呆若木鸡地傻站在那里。"不对，这里头肯定有魔鬼掺和。"他使劲儿地搔着头顶，心中暗自思量。

"抓住了！"正在这时候，几个甲长冲进门来高喊。

"抓住谁了？"村长问。

"就是那个反穿皮袄的鬼东西。"

"把他带上来！"村长喊了一声，便抓住押上来的俘虏的双臂，"你们都发疯了吗？这是醉汉卡列尼克呀！"

"真糟糕！我们抓住的明明是那个家伙嘛，村长大人！"甲长们回答说，"在一条巷子里，那帮该死的坏小子围住我们，又是跳舞，又是拉拉扯扯，还伸舌头扮鬼脸，夺我们手里的东西……真是活见鬼！……我们怎么就没能逮住他，倒是抓了这么一个不中用的家伙，只有上帝知道了！"

"现在以我的权力和全体村民的名义发布命令，"村长说，"立即将该匪徒捉拿归案。与此同时，将街上所见的一切人等，统统逮来由我发落！……"

"还是算了吧，村长大人！"几个甲长深深地鞠躬，高声说道，"你要能见到那帮丑八怪有多恶心就好了。我们都是受过洗礼的人，敢在这里发誓，有生以来从没见过这么邪恶的嘴脸。眼看就要出祸事了，村长大人，他们把好人都吓坏了，往后再也没有哪个娘儿们还会驱惊压邪了。"

"我才要让你们受惊呢！你们怎么啦？是不想服从命令吗？你们准是跟他们串通一气！你们要造反吗？这是怎么回事？……到底是怎么回事？……你们是在鼓励强盗行径！……你们……我这就去向警察署长告发！立马就去！听见了吗？立马就去！快逃跑吧，像鸟儿一样快快地飞吧！我要让你们……我要叫你们给我……"

大家当即一哄而散，逃之夭夭。

五、女落水鬼

整个这场混乱的肇始者无牵无挂，根本不把四处追捕的事放在心上，正慢悠悠地朝那座老屋和池塘走去。我想，用不着说了，这就是列夫科。他那身黑羊皮袄的衣襟敞开着，帽子提在手里。他满头大汗。一片椴树林面朝月光阴森森地屹立着，显得高傲而抑郁。凝然不动的池水向困乏的步行者散发出阵阵清凉气息，令他不由得在池边止步小憩。万籁俱寂，唯有密林深处不时传来夜莺的啼啭。无法遏制的睡意迅即让他合上了眼睑；疲惫的四肢渐渐失去了知觉，僵直不动；脑袋也耷拉下来……“不行，这样下去，我才到这儿就会睡着了！”他说着便站起身来，揉了揉眼睛。举目四望，他面前的夜色更加璀璨夺目了。一片神奇而令人陶醉的光辉与皎皎的月华交融为一体。他还从未见过如此迷人的夜景。银白色的雾霭笼罩四野。花枝招展的苹果树和夤夜绽放的各色花卉的芳香弥漫大地。他惊讶地凝望着纹丝不动的池水。古老的富豪宅第倒映在水中，显得清新而明丽。没有阴暗的护窗板，取而代之的是敞亮的玻璃门窗。透过洁净的玻璃，显示出室内的金碧辉煌。恍惚之间，一扇窗户似乎打开了。他凝神静气，一动不动，目不转睛地盯着池塘。他仿佛已置身于池水深处，看见一只雪白的胳臂伸出窗口。随后，一个可爱的小脑袋倚着臂肘向外探望，一双水汪汪的眼睛透过暗褐色的鬈发灼灼忽闪。他还看见，她轻轻地晃着头，招着手，嫣然一笑……他顿时怦然心动……池水泛起涟漪，窗户重又关上了。他静悄悄地离开池塘，再看那座宅第，幽暗的护窗板已经打开，窗玻璃在月光下闪闪发亮。“看来人们的传言实在不足信，”他暗自思忖，“这宅子还是崭新的，油漆鲜亮，好像今天刚刷上去的一样。里面准是有人居住。”于是，他默默地走到近旁。然而，屋内一片寂静。夜莺华美的歌声此起彼伏，嘹亮有力地相互呼应。当它们仿佛由于困倦和满足而渐渐沉寂下来之时，螽斯唧唧嚯嚯的鸣声便清晰可闻。还可以听见沼泽中的水鸟掠过波平如镜的宽阔水面时，用它们那光滑的长嘴击水的扑通之声。列夫科的内心深处感受到一种惬意的宁静和舒畅。他调试班杜拉琴弦，弹唱了起来：

啊，月亮，我的月亮！
你皎皎的清晖光耀四方。
啊，你照亮那个院落吧！
那儿有一位美丽的姑娘。

窗户悄然开启，他在水中见过倒影的那颗小脑袋向外张望，凝神谛听着他的歌声，长长的睫毛半垂向一双明眸。她整个人儿苍白得像亚麻布，像银色的月光，可又是多么妩媚、多么秀丽啊！她粲然一笑……列夫科为之震颤。

"年轻的哥萨克，再给我唱一支歌吧！"她低声细语地说道，将头微微侧向一旁，低低地垂下那浓浓的睫毛。

"给你唱一支什么样的歌呢，我美丽的小姐？"

滚滚泪珠从她苍白的脸上悄然滑落。

"小伙子，"她说道，言语间透露出一种令人感动莫名的意味，"小伙子，替我把后妈找出来吧！我为了你什么都在所不惜。我会报答你的。我一定会给予你丰厚而阔绰的回报！我有丝绣的套袖、珊瑚项链。我要送给你缀满珍珠的腰带。我还有金子……小伙子，把后妈给我找出来吧！她是一个可怕的妖精，在人世间害得我无法安生。她不断地折磨我，逼着我像普通用人一样干活儿。你瞧瞧我这脸，是她用妖术抹去了我两颊的红晕。你瞧瞧我这洁白的脖颈，她用她那铁爪抓出的这些紫色斑痕已经洗不掉了！再也洗不掉了！无论如何也洗不掉了！再瞧瞧我这白净的双脚，它们走过很多的路，只不过不是走的地毯，而是走的滚烫的沙石，走的污泥浊水，走的毒刺丛生的荆棘。还有我的眼睛！瞧瞧我这双眼睛吧，它们已经哭得快要失明了……小伙子，快找出她，快替我把后妈找出来吧！……"

她的声音猛地提高，随后戛然而止。潸潸的热泪沿着苍白的脸庞滚滚而下。一种满怀同情和忧伤的沉重心情让小伙子胸中感觉憋闷。

"我愿意为你竭尽全力，我的好小姐！"他心潮澎湃地说，"可是我怎么去找，在哪儿才能找到她呢？"

"你瞧，你瞧！"她急促地说，"她就在这儿！她正在岸上混入我那些女伴们中间跳圆圈舞，借着月光取暖呢。可是她又狡猾又奸诈。她也装扮成女落水鬼了，但是我知道，我感觉得到，她就在这儿。因为她，我感到痛苦，我心慌意乱。因为她，我无法像鱼儿一样轻快自如地游水，而是像钥匙那般下沉，掉到水底。小伙子，快把她找出来吧！"

列夫科望了望岸边，只见一群身穿有如盛开着铃兰花的草地的洁白内衣的姑娘，在银白色的薄雾中闪动着影子般轻盈的身姿。金色的项链、项圈和钱串在她们的脖颈上闪闪发亮。然而，她们的脸色苍白，她们的身体仿佛是由透明的云彩构成，在银色的月光照映下显得晶莹剔透。圆圈舞跳得正欢。跳舞的人们移动舞步，渐渐向他靠近。已经可以听见她们说话的声音了：

"咱们来玩老鹰抓小鸡吧！咱们来玩老鹰抓小鸡吧！"大

伙儿七嘴八舌地嚷嚷起来，有如寂静的黄昏时分被风儿轻柔的嘴唇亲吻之后，河边的芦苇所发出的一片嘈杂之声。

"谁来当老鹰呢？"

大家抓阄儿——结果，一个姑娘从人群中走了出来。列夫科定睛细看：她的容貌、衣着——全身上下都与其他的姑娘一模一样。只是，分明看得出来，她并不乐意扮演这个角色。大家排成一行，快速地躲闪凶猛敌人的袭击。

"不，我不想当老鹰了！"那姑娘累得精疲力竭，于是说道，"我不忍心从可怜的母鸡怀里夺走小鸡！"

"你不是妖精！"列夫科心想。

"谁再来当老鹰呢？"

姑娘们打算重新抓阄儿。

"我来当老鹰！"人群中有个姑娘自告奋勇。

列夫科放眼仔细打量她的那张脸。她追赶排成一行的"小鸡"时又迅疾又凶狠，从四面八方一个劲儿地朝它们猛扑，一心要捕获猎物。这时候列夫科开始察觉，她的身体不像其他人那么透明，那里面隐约可见有一个黑色的东西。猛然响起一阵惊叫声：老鹰扑向"小鸡"的行列，将其中一只抓了个正着。列夫科仿佛觉得，她伸出的好像是爪子，她的脸上倏忽闪现出幸灾乐祸的神色。

"她就是妖精！"列夫科当即指着她，回头朝着宅子说道。

小姐笑了，姑娘们尖叫着将扮演老鹰的妖精押了过去。

"我用什么来报答你呢，小伙子？我知道你不需要金子。你爱的是甘娜，但铁石心肠的父亲不让你娶她。他现在阻拦不了你啦！拿去吧，把这张字条交给他……"

一只白皙的手伸了过来。她的脸美艳动人，容光焕发……列夫科的心不可思议地战栗着，难以忍受地猛烈跳动着。他一把抓住了字条，结果……蓦地醒了过来。

六、梦　醒

"莫非我睡了一觉？"列夫科自言自语地说着，从小丘上站起身来，"这样历历在目，就像确有其事一样！……奇怪，太奇怪了！"他说罢，举目四顾。

月亮高挂在他的头顶，表明已是午夜时分。四处一片寂寥。池水轻拂着岸边，阵阵凉意袭来。池岸高处，陈年老宅凄凉地矗立，百叶窗紧闭。青苔遍布，野蒿丛生，显示它早已人去楼空。这时，他松开睡梦中紧紧握着的那只手，不由得惊叫了起来：手里竟然捏着一张字条。"唉，我要是识字该多好啊！"他一边想，一边将字条翻来覆去地看了几遍。正当此际，他忽然听见身后响起一阵吵嚷之声。

"你们别怕，快去抓住他！干吗这么胆小？咱们有十来个人呢。我敢打赌，这准定是人，绝不是鬼！"村长向同来的人们高声叫喊。列夫科感觉到被几只手抓住了，其中有的手还吓得战战兢兢地发抖。"老弟，取掉你那吓人的假面具吧，别再糊弄人了！"村长说着，一把揪住那人的衣领，但睁大他的独眼一瞧，登时不知所措。"是列夫科，我的儿子呀！"他失声大喊，吃惊得连连后退，放开了手，"原来是你呀，狗娘养的！嘿，你准是鬼魂附体了！我一直在想，是哪个坏蛋——哪个反穿皮袄的鬼东西耍的这一套把戏呀！原来全是你干的，你这是成心跟你的老子过不去！你竟敢在街上胡作非为，还编了小曲损人！……嘿嘿，列夫科！这是怎么了？大概是你的脊梁骨痒痒了吧！把他捆起来！"

"等一等，老爸！有人叫我把这张字条交给你。"列夫科说。

"这会儿可顾不上看什么字条，亲爱的！把他给我捆起来！"

"等一等，村长大人！"文书展开字条，说道，"是警察署长的手谕呀！"

"警察署长写的？"甲长们下意识地重复道。

"警察署长写的？真奇怪！更让人摸不着头脑了！"列夫科暗自纳闷儿。

"快念，快念！"村长说，"警察署长大人在那上面都写了些什么？"

"咱们就听听警察署长大人写的是啥吧！"酿酒师傅嘴里叼着烟斗，一边打火一边说。

文书轻轻干咳了两声，念了起来：

"兹谕示村长叶夫图赫·马科戈年科：本官得悉，你年老愚昧，不但未能收缴所欠税款，整顿好村中秩序，还昏头昏脑，尽干伤天害理之事……"

"真是的！"村长打岔说，"我一点儿也没听清！"

文书重新开始念道：

"兹谕示村长叶夫图赫·马科戈年科：本官得悉，你年老愚……"

"停，停！不必念了！"村长高喊，"我虽然并没有听清，但我知道这一部分也没讲什么重要的事情。往下念吧！"

"有鉴于此，我命令你立即为你的儿子列夫科·马科戈年科与你村哥萨克女子甘娜·彼得雷琴科娃完婚，同时修好驿道沿途桥梁。未经本官允许，不得将村民的马匹提供给船务部门官员使用，即便他们直接来自省财政厅也罢。如若本官巡视时发现上述命令未予执行，则唯你本人是问。警察署长、退役陆军中尉科济马·杰尔卡奇－德里什帕诺夫斯基。"

"原来是这样呀！"村长发表意见说，"你们都听见了吗？听见没有：一切全拿村长是问，所以就得听我的话，绝对服从我！要不然，那就对不起啦……你呢，"他转身对列夫科说，"既然警察署长大人下令了，我就给你完婚。不过我总觉得奇怪，这事是怎么传到警察署长大人的耳朵里去的？只是你得先尝尝马鞭子的滋味！你知道我那根挂在圣像旁边墙上的马鞭子吧？明天我就把它修整好……你是从哪儿得到这张字条的呀？"

列夫科尽管因为自己的事情出现了这种意想不到的转机而备感惊讶，但还是急中生智，决定隐瞒获得字条的真实情况，杜撰了另外一种回答。

"昨天傍晚，"他说，"我上城里去了一趟，正好碰见警察署长下马车。他得知我是咱们村的人，就把这张字条交给我，还让我给老爸你捎个口信儿，说他返回的时候要到咱们家吃午饭呢。"

"他说这话了吗？"

"说了。"

"你们听见了吧?"村长转身神气十足地对同行的一伙儿人说,"警察署长大人要光临咱们村,也就是到我家里,还要进午餐。嗬!"说到这里,村长竖起一根手指,偏着头作谛听状,"是警察署长大人,你们听清楚没有?警察署长大人要到我家吃午饭呢!你怎么看,文书先生?我说你,老弟,这可是非比寻常的面子呀!难道不是吗?"

"据我所知,"文书接过话茬儿,"还没有哪个村长有幸在家里招待警察署长吃饭呢。"

"我这个村长可不是随便哪个村长都能比得上的!"村长摆出一副扬扬自得的派头说。他撇了撇嘴,一阵沙哑难听的笑声像远方的闷雷似的从他的口中爆发出来,"你看呢,文书先生?为了迎接贵宾,那就需要下一道命令,每户人家至少交出一只童子鸡,呃,一块亚麻布,还有别的一些东西……啊?"

"需要,很需要,村长大人!"

"那什么时候举办婚礼呢,老爸?"

"婚礼?我还给你办婚礼?……嗯,不过看在贵宾的分儿上嘛……明天就让神父给你们举行结婚仪式好了。就这样吧!让警察署长大人瞧瞧,什么叫作尽职尽责!喂,伙计们,现在该睡觉了,都回家去吧!……今天的事情又让我想起了当年,那时候我……"说到这里,村长照例皱眉蹙额,流露出不可一世、故弄玄虚的目光。

"嘿,村长马上又要夸耀他给女皇带路的事情了!"列夫科说罢,便快步朝那座我们已经熟悉的四周遍植低矮的樱桃树的农舍走去,"好心而美丽的小姐,上帝保佑你早升天国。"

他心中默想，"但愿你到了天国之后，在圣洁的天使中间笑口常开！我不会向任何人提起今晚所发生的这件怪事，只能对你，甘娜，一个人讲。唯有你会相信我的话，并且和我一起为不幸的女落水鬼的灵魂得到安宁而祈祷！"

顷刻，他已来到那座农舍近前。窗户开着，月光透过窗口照到在窗前安睡的甘娜身上。她的头枕着一只臂膀，面颊安详而红润，嘴唇微微翕动，呢喃不清地念叨着他的名字。"睡吧，我的美人儿！愿你梦见世间最美好的事情。不过，美梦再好，也比不上我们醒着的时光啊！"

他画了个十字为她祈福，然后关上窗户，悄然离去。为时不久，村庄里的一切即已酣然入梦。只有光华四射、璀璨夺目的一轮明月，在广袤无垠、一碧如洗的乌克兰夜空中款款遨游。天高地阔，气象庄严，而夜色，神奇的夜色，既壮丽又辉煌。大地沐浴在美妙的银辉里，显得同样多娇。然而已经无人陶醉于这诸般美景了：万物都沉入了梦乡。只是偶尔传来几声犬吠，打破这一片寂静。此外就是醉汉卡列尼克依然在睡意沉沉的街道上踯躅，苦苦寻找自己的家门。

圣诞节前夜

圣诞节前的最后一个白天过去了。一个晴朗的冬夜来临。繁星闪耀。一轮明月庄严地升上天空，照亮整个世界，以便善男信女们兴高采烈地大唱圣诞颂歌，赞美基督①。天气比清晨

---

① 我们将圣诞节前夜去人家窗下唱一种名叫《科利亚特卡》的歌这一活动称为"唱圣诞颂歌"。这家的女主人、主人或留在家中的任何人，便向唱歌人的麻袋中丢入香肠、面包或铜币——有什么给什么。据说，从前有个笨汉名叫利亚达，被人们认作了上帝。科利亚特卡就是从他的名字演化而来的。谁又能了解其人呢？我们凡夫俗子对此是不容置喙的。去年奥西普神父曾禁止各村唱圣诞颂歌，声称此举涉嫌民众讨好魔鬼撒旦。然而，如果说实话，则科利亚特卡颂歌中并无一字提及科利亚达。人们讴歌的是基督的诞生，并在结尾处祝愿男女主人、孩子和全家身体健康。——尼·瓦·果戈理（假托养蜂人）注

以来冷得更为厉害，然而四处如此静谧，靴子踩在冻土上的沙沙声半俄里之外也清晰可闻。尚未见成群的年轻人出现在农舍的窗下。唯有一轮明月悄悄向房中窥视，仿佛要召唤那些盛装打扮的姑娘们赶快出门，奔向吱嘎作响的雪地里。这时，一户人家的烟囱里升起缕缕青烟，乌云似的飘向天空。一个妖精骑着扫帚，随着浓烟腾空而起。

　　此刻，如若索罗钦的阶层代表头戴枪骑兵式的缀有羊羔皮帽圈的帽子，身穿黑羔皮里子的蓝色皮袄，手拿他平日用来催促马车夫的编结得极为精巧的鞭子，坐着三套马车，恰好从这里路过，那么他必定会发觉这个妖精，因为人世间没有一个妖怪能够逃过他那双火眼金睛。每个农妇家中的母猪能下几只猪崽、箱子里存有几块亚麻布、男人星期日会拿什么衣服和家什去小酒馆做抵押换酒喝，他全都一清二楚。然而，索罗钦的阶层代表并没有从此地经过，而且别人的闲事也与他毫不相干，他有他自己管辖的地盘。其时妖精业已升腾上了云霄，只有一个小黑点儿隐约可见。无论小黑点儿出现在什么地方，那里的星星都会一个接着一个消失不见。很快，妖精便已收集到满满一袖筒星星，只剩下三四颗星星仍然在闪闪发光。突然间，另一边又出现了一个小黑点儿，越来越大，扩展开来，已经不再是个黑点儿了。眼睛近视的人，即便将警察署长的马车车轮当作眼镜架到鼻梁上，也无法分辨这是什么东西。从前面看，那是一个地道的德国人①：生就一张狭长的瘦脸，小脸蛋儿下端是一个猪一样的圆圆的拱嘴，见了任何东西都要不停地嗅上好久；一双腿细长细长，如若雅列斯科沃村的村长生着这样一双腿，跳起哥萨克舞时必定折断无疑。不过从背后看上去，他显然是一位身穿制服的省司法稽查官，因为他的身后拖着又尖又长的尾巴，酷似现今制服的后襟。只有那张丑脸下方的山羊胡子、头上翘起的那两个不大的犄角，还有周身上下并不比扫烟囱的人更白这一点儿，才可以让人猜想到，他既不是什么德国人，也不是省上的司法稽查官，只不过是一个魔鬼：他仅剩下这最后一夜在人世间四处游荡，唆使善良的人作孽犯罪；到了明天，晨祷的钟声一旦响起，他就只有夹着尾巴，头也不回地逃入自己的巢穴了。

这时候，魔鬼悄悄地靠近月亮，已经伸出一只手，就要抓住月亮了，却像被火燎着了似的骤然缩手，直吮指头、顿足，随即从另一边跑上前去抓，但又一次跳开，缩回了手。不过，狡猾的魔鬼尽管屡屡失败，却依然不肯善罢甘休。他冲上前去，用一双手猛地抱住月亮，歪扭着嘴，连连吹气，将月亮不住地从一只手倒至另一只手，好似庄稼汉赤着手取炭火点烟斗一般。终于，他匆匆将月亮藏进衣袋，然后若无其事地一溜烟跑掉了。

在狄康卡，谁也不曾留意到魔鬼偷走了月亮的事。诚然，

---

① 我们那里把外国来的任何人都叫作德国人，即便是法国人、意大利人或瑞典人，也统统叫作德国人。——果戈理注

乡文书四肢着地爬出小酒馆时也曾看见月亮平白无故地在天空中跳动，并且赌咒发誓地想让全村人相信他言之不虚，然而村民们都连连摇头，甚至拿他取笑。但究竟是什么原因使魔鬼竟然干出如此无法无天的勾当来呢？原因就在于：他知道富有的哥萨克丘布受到教堂执事的邀请吃蜜饭去了。应邀前往的还有村长，执事的一个担任高级僧侣唱诗班低音歌手的、身穿蓝礼服的亲戚，哥萨克斯韦尔贝古兹，以及其他一些人。除了蜜饭之外，还要上混合香料酒、用番红花酿制的伏特加以及许多各式各样的食品。与此同时，丘布的女儿、全村出名的美人儿会留在家里，而身强体壮、膂力过人的铁匠则必定前去找她。魔鬼对这位铁匠比对孔德拉特神父的布道更加深恶痛绝。在闲来无事之时，铁匠沉湎于丹青，以出色的画功驰名四里八乡。连当年还健在的百人长名叫李某科的，都曾特意亲自请他远赴波尔塔瓦，为其住宅周围的板墙设色布彩。狄康卡的哥萨克们用来喝红甜菜汤的汤盆，全都是铁匠彩画的。铁匠是一个敬畏神明的人，常常绘制圣徒的画像，至今还能在教堂里看到出自他手笔的福音书撰写者路加①的画像。不过他的巅峰之作还是画在教堂右侧门廊上的那幅画作，画的是圣徒彼得在末日审判时手持钥匙，将恶魔赶出地狱的情景。惊慌失措的魔鬼预感到自己行将毁灭，便四处逃窜，而先前被囚禁的罪人们则用鞭子、劈柴和一切可以到手的东西追打他。当画师煞费苦心地构思该

---

① 福音书是基督教圣经中新约部分的前四章，记叙了耶稣基督的尘世生活。据教会传说，其作者为马太、马可、路加、约翰四个使徒或弟子。

画并将其描绘到一块木板上时，魔鬼想方设法竭力进行阻挠：暗中碰撞画师的胳膊；弄来铁匠铺熔炉中的灰烬，撒到画像上。然而这一切均属徒劳：画作终于完工了。木板被搬进教堂，嵌到了门廊的墙上。自此以后，魔鬼便发誓要找铁匠报仇雪恨。

魔鬼只剩下一个夜晚在人间游荡了，但是即便在这一个夜晚，他也仍然在伺机对铁匠进行报复，以泄心中的怨愤。为此，他决定偷走月亮，希望年老的丘布由于不良于行而懒得起身，何况去教堂执事家的路也不近，须绕道村外，经过磨坊和墓地，再绕过一道山沟。在月明之夜，混合香料酒和番红花浸制的伏特加倒足以让丘布受到诱惑，但在这黑漆漆的夜晚，未必有谁能将他拖下炕，轰出家门。而那位素来与他不和的铁匠，无论怎样力大无比，也不敢正值他在家之时去找他的女儿。

就这样，魔鬼刚刚将月亮藏进衣袋，整个世界便顿时陷入一片黑暗，别说去执事家了，即便是去那家小酒馆，任何人也都找不着路了。妖精发现自己突然落入黑暗之中，失声尖叫了起来。这时，魔鬼上前去大献殷勤，搀扶着她，开始在她的耳边窃窃私语，说一些世人通常向所有女性都讲的甜言蜜语。我们这个世界，一切都安排得何等巧妙啊！生活在其中的各种生灵总是争先恐后地相互效法、彼此模仿。从前在米尔哥罗德，通常只有法官和市长冬天才穿呢绒面料的皮袄，而所有的小官吏则仅穿一件单皮袄。可是如今呢，无论是阶层代表还是领地划界公证人，全都给自己添置了用列舍季洛夫卡羔皮缝制的、呢绒挂面的簇新毛皮大衣。办事员和乡文书前年采购了六十戈比一俄尺的蓝棉布，诵经士①也为自己缝制了夏天穿的南京土布灯笼裤和粗毛线条纹坎肩。总而言之，全都想出人头地！这些人多会儿才不再无谓地忙乎啊！我敢打赌，许多人看到魔鬼也来跟风凑趣，必定会不胜惊讶。最令人懊恼的是，他竟然以美男子自居，其实那副尊容呢——瞅一眼都令人恶心。正如福马·格里戈里耶维奇所说，他那副嘴脸堪称丑八怪中的魁首，然而他竟然也要闹出点儿风流韵事！不过，天地之间已经黑得伸手不见五指，他们俩究竟又干出了何种勾当，也就无从知晓了。

"这么说，老兄，你还没有去过教堂执事的新居了？"哥萨克丘布一边走出家门，一边对一个身穿皮袄的瘦高个子庄稼人说。那人胡子拉碴，表明他已有两个多礼拜不曾用镰刀碎片刮过了。庄稼人没有剃刀，通常都是拿那东西刮胡子。"马上就可以在那里痛饮一场了！"丘布面露笑容，继续说道，"咱们可别迟到了啊！"

这时，丘布紧了紧束住皮袄的腰带，把帽子低低地拉到额头，攥紧手中的鞭子——那是专为威吓野狗用的。可是，他抬头望了望天空，便止步不前了……

"真是活见鬼！你瞧，你瞧，帕纳斯！……"

"怎么啦？"干亲家说着，也抬头看天。

"什么怎么啦？月亮不见了！"

---

① 正教教会中职位最低的神职人员。

"真糟糕！月亮的确不见了。"

"就是没有了嘛，"丘布责备道，对于干亲家老是无动于衷的冷漠颇为恼怒，"看来你倒无所谓。"

"那我有什么办法！"

"肯定是，"丘布用袖子蹭了蹭胡子，继续说道，"有魔鬼在捣乱。让这狗杂种清早起来连一杯伏特加也喝不上才好呢！简直像是故意作弄人嘛……本来我坐在家里，瞧了瞧窗外，夜色别提有多美了！四处通明，雪地在月光下白得耀眼。什么都和白天一样，看得清清楚楚。可是刚一出门——这不，已经是黑咕隆咚了！"

丘布絮絮叨叨骂了许久，同时心里也在琢磨如何是好。他巴不得去教堂执事家天南海北地闲扯神聊一番。毫无疑问，村长啦，远道而来的唱诗班男低音歌手啦，还有每隔两个星期就去波尔塔瓦做买卖、说起笑话来逗得村民们无不捧腹大笑的油贩子米基塔啦，他们肯定早就坐在那里了。丘布于想象中可以看到，混合香料酒已经在席上摆好了。所有这一切诚然诱人，可是沉沉黑夜又激发起了每个哥萨克都情有独钟的懒散习性。此时此刻，蜷缩着腿躺在暖炕上，静静地吸着烟斗，在令人陶醉的蒙眬睡意中聆听欢乐的小伙子和姑娘们成群结队地在窗前唱着圣诞颂歌和谣曲，那是多么地惬意啊！如若只有他一个人的话，他宁愿按上述方式消磨时光。然而，眼下是两人结伴，摸黑赶路倒也不那么无聊和恐惧，况且他并不想在他人面前显得懒惰或胆怯。骂过一通之后，他重新回头与干亲家说话：

"这么说，老兄，月亮真的不见了？"

"是不见了。"

"真是怪事呀！让我闻闻鼻烟吧。老兄，你的鼻烟好极了！你是从哪儿弄来的？"

"好什么呀！"干亲家一边合上刻有花纹的桦树皮烟盒，一边回答说，"连老母鸡闻了都不打喷嚏！"

"我还记得，"丘布就同一件事情接着说，"已经过世的酒馆老板祖佐利亚有一次从涅仁捎了一些给我。嘿，那才叫鼻烟呢！多好的鼻烟啊！既然这样了，老兄，咱们怎么办呢？外面可是黑得很哪！"

"这个样子，咱们还是待在家里吧。"干亲家抓住门把手说。

要是干亲家不说这话，丘布准会决定留下来，可是现在仿佛鬼使神差似的，他偏偏要对着干：

"不，老兄，咱们要去！非去不可！"

话一出口，他已经后悔不该这么说了。他其实极不情愿在如此漆黑的夜晚跌跌撞撞地赶路。不过能聊以自慰的是，这是他自己独出心裁要这么干的，并不是别人给他出的主意。

干亲家的脸上并未显露出丝毫不高兴的神情，他这人对于待在家里还是出门赶路全都无所谓。他仅仅瞧了瞧周围，用手杖挠了挠肩膀，然后两个干亲家就出发了。

现在让我们来看看，美貌的女儿一个人留在家里都干了些什么。奥克萨娜尚未年满十七，但是狄康卡的这厢也好，那厢也罢，几乎所有地方的人们都把她的芳名挂在嘴上。小伙子们异口同声地宣称，村里过去从来不曾有过、今后也绝不会有比她更漂亮的姑娘。奥克萨娜得知人们对她的种种言论，便真的像美人儿那样使起性子来。有时她不穿厚条纹花布筒裙和毛料裙子，而是身着宽大的男式长袍，结果吓得女仆们全都避之唯恐不及。小伙子们一度争先恐后地追求她，但失去耐性之后，便渐渐疏远了她，转而亲近别的不那么娇生惯养的女孩子。只有铁匠执着如故，始终不懈地对她大献殷勤，虽然她对他丝毫也不比对别的小伙子更好。

父亲出门之后，奥克萨娜便花费了好长时间梳妆打扮，对着一面镶有锡边的不大的镜子忸怩作态，自我欣赏个没完没了。"人们怎么会想到夸奖我，好像我长得很漂亮似的？"她似乎是在没话跟自己找话说，漫不经心地嘟哝着，"他们都在骗人，我一点儿也不漂亮。"然而，镜子中映照出的那张青春少女美艳动人、生气勃勃的面庞，那双炯炯有神的乌黑的明眸，那种动人心魄、千娇百媚的微笑，一概表明事实恰恰相反。"难道我这黑黑的眉毛和眼睛美丽得盖世无双？"小美人儿并未放下镜子，继续说道，"这翘翘的鼻子有什么好看？还有这脸蛋儿、这嘴唇又能怎么样？我这两条黑辫子真的也好看？哎呀！晚上它们不吓人一跳才怪呢：活像两条缠绕着的长蛇盘踞在我的头上！现在我才明白，我一点儿也不漂亮！"说着，她推开镜子，叫嚷起来，"不，我是漂亮的！啊，漂亮得很，漂亮极啦！谁娶了我，我会让他欣喜若狂！我的丈夫会对我满怀着绵绵情意！他会神魂颠倒，把我亲吻得喘不过气来。"

"多么迷人的姑娘啊！"铁匠悄悄地走了进来，低声说道，"可她也真能自我吹嘘！站在那儿照镜子都快一个钟头了，仍然没照够，还大声地直夸她自己呢！"

"真的，小伙子们，你们配得上我吗？你们瞧瞧我吧！"轻佻的小美人儿继续说道，"我迈起步来多么轻盈！我的衬衫是用红丝线绣的，头上扎的缎带多么好看！你们一辈子也见不到比这更漂亮的花边！这些全都是我的爹爹给我买的，为的就是让我嫁给世上最出色的棒小伙儿！"她得意地粲然一笑，蓦地转身，瞧见了铁匠……

她尖叫一声，神色威严地站在他面前。

铁匠垂手肃立。

很难描述此时此刻俊俏的姑娘那略微发黑的面庞上究竟是何种表情：其中既可以看出严厉，透过严厉又隐隐露出对局促不安的铁匠的一种嘲弄；同时还有不易觉察的一丝懊恼的红晕从那张脸上微微泛起。所有这一切混杂在一起，显现出难以言表的千娇百媚，令人忍不住想要把她亲吻个够。

"你来这儿干吗？"奥克萨娜开口说道，"难道是希望我拿铁锹把你赶出门去吗？你们这些人都很会瞅空子往我们姑娘家跑。只要当父亲的不在家，你们立马就探听出来了。哼，我可了解你们这帮人！怎么样，我的箱子做好了吗？"

"快好了，我的心肝儿，过了节就完工了。你可知道，这箱子费了我多少工夫：整整两夜我都没踏出铁匠铺一步，不过即使神父的小姐也不会有这么好的箱子。外面包的那层铁皮，就连我上次去波尔塔瓦干活儿时，给百人长修理马车都没舍得用。再说那彩画该有多么漂亮啊！哪怕迈开你那白白嫩嫩的小腿儿走遍十里八乡，也找不到这样的货色！底子上画满了红色和蓝色的花朵，鲜艳无比，就像火焰熊熊燃烧。你别生我的气了！就让我和你说说话儿，哪怕让我瞧瞧你也好啊！"

"有谁禁止你了吗？你就说，你就瞧呗！"

说着，她在板凳上坐下，又去照镜子，动手梳理起头上的发辫来。她瞧了瞧脖颈，瞧了瞧丝线绣制的新衬衫，一丝扬扬自得的神情流露在她的樱唇和娇艳的面颊上，闪耀在一双明眸里。

"让我坐到你身边吧！"铁匠说。

"你坐呗！"奥克萨娜说了一句，依然在嘴角上和踌躇满志的目光里保持着同样的神情。

"迷人的、看不够的奥克萨娜，让我亲亲你吧！"铁匠鼓起勇气说道，将她搂过来，想要接个吻。可是奥克萨娜将已经快挨近铁匠嘴唇的脸颊闪开，还推了他一把。

"你还想干什么？别给了你蜂蜜，又来要勺子！快走开！你那双手比铁还要硬，满身都是煤烟味。我看，煤烟子把我的这身衣服都弄脏了。"

说着，她拿来镜子，重又对镜梳妆打扮起来。

"她并不爱我。"铁匠垂头丧气地暗自思量，"她把什么事情都当作游戏，我倒像个傻瓜似的站在她面前，目不转睛地盯着她。可我情愿一直站在她面前，一辈子眼睛都不离开她！迷人的姑娘啊，要是能了解她的心思，知道她究竟爱的是谁，我什么都在所不惜！可是不对，她把谁都不放在眼里。她欣赏的只是她自己，一直在折磨我这个可怜虫。我满腹忧伤，看不到光明。可是我太爱她了，世上没有一个人像我这样爱她，谁都永远不会这样去爱她。"

"你妈真是个妖精吗？"奥克萨娜说完，笑了起来。铁匠内心里也感到好笑。这笑声似乎在他的心中立即产生了反响，而且潜入了周身的血管。但与此同时，一种懊丧的情绪袭上心头，因为他不能去热吻这张笑得如此妩媚动人的脸蛋儿。

"我妈对我来说有什么要紧？你就是我的妈、我的爹，就是世界上最珍贵的一切。即使沙皇召见我，说'铁匠瓦库拉，如果你开口要我王国里最宝贵的任何东西，我都会赏赐给你。我要下旨为你盖一间金子的铁匠铺，让你用银子的锤子打铁'，我也会对皇上说：'无论是珍贵的宝石、黄金的铁匠铺，还是你的整个王国，我都通通不想要——你最好把奥克萨娜赐给我！'"

"瞧你，说得多好听！可是我的老爹也很精明。你等着瞧吧，多会儿他还会娶了你妈呢。"奥克萨娜说罢，狡黠地微微一笑，"哎呀，姑娘们怎么还不来……这是怎么啦？早就该去唱圣诞颂歌了，我都等得心烦了。"

"别管她们啦，我的美人儿！"

"这哪儿行呀！小伙子们准会和她们一道来。到时候就能大家一起跳舞了。我估计，他们又会讲好多非常可笑的故事的！"

"你跟他们在一起就那么开心？"

"比跟你在一块儿开心。噢，有人敲门——准是姑娘和小伙子们。"

"我还能有什么指望呢?"铁匠自言自语地说,"她一直在嘲笑我。我在她眼里的价值,就像一块生锈的马蹄铁。不过就算这样,至少也不能让别人笑话我。要是我能弄清楚她对谁比对我亲热就好了,我要好好教训那人一顿……"

敲门声和严寒中急切地发出的"快开门!"的叫喊声打断了他的思绪。

"你等等,我去开门。"铁匠说着,走到室外的门厅里,打定主意要赌气地揍断头一个露面的人的肋骨。

严寒更为凛冽了,高天之上冷彻肌骨。魔鬼冻得两只蹄子轮回蹦跳,不断对着拳头哈气,想让冻僵的手多少暖和一点儿。不过,他这个整天待在地狱的家伙冻得够呛并不足为奇,因为众所周知,地狱里并不像我们这儿的冬天那么冷,而且他总是头戴尖顶帽,像个真正的厨师似的站在炉灶前,十分开心地油炸火烤有罪之人,有如农妇为过圣诞节煎烤灌肠一样稀松平常。

妖精虽然穿得很暖和,但仍然能感觉到冷,所以她举起双手,一条腿向后伸直,做出溜冰人的姿势,全身关节一动不动,仿佛滑下结冰的山坡似的从天而降,径直落入了烟囱。

魔鬼用同样的办法紧随其后。但是这畜生比任何一个穿长袜的花花公子都更加灵巧,因而在刚进烟囱口子的地方便一下子骑到了情人的脖子上,这也就不足为奇了。结果他俩双双降落到宽阔的炉灶上的盆盆罐罐之间。

游荡归来的妖精悄悄打开炉门，想看看她的儿子瓦库拉是否请了客人到家里来。然而她发现，除了搁在屋子中间的几个麻袋以外，一个人也没有。于是她从炉灶里爬了出来，脱掉暖和的羊皮大衣，整理整理头发，这样就谁也看不出来一分钟之前她还骑着扫帚翱翔过了。

　　铁匠瓦库拉的母亲还不到四十岁。她长得既不算漂亮，也说不上很丑。到了这把年纪，想要漂亮颇为困难。然而她很有心计，连最老成持重的哥萨克都能勾引到手（不妨顺便说说，这些人已经不大注重姿色了），结果无论是村长还是教堂执事奥西普·尼基福罗维奇（当然，如果执事的老婆不在家的话），也无论是哥萨克科尔尼·丘布还是哥萨克卡西扬·斯韦尔贝古兹，都常常上门找她。值得称道的是，她善于巧妙地与他们一一周旋。他们之中谁也不曾想到自己还有竞争对手。一个虔诚信教的庄稼汉或者身穿带风帽的斗篷的贵族（有些哥萨克以此自许）礼拜天上教堂，抑或天气不好时下小酒馆，岂能不顺道去看看索洛哈，吃吃包有酸奶皮的油大的甜馅儿饺子，在暖融融的屋子里与能说会道、殷勤好客的女主人聊聊闲天？所以贵族抵达酒馆之前都不惜绕一大圈，还美其名曰顺道走访。而索洛哈呢，节日上教堂时常常身穿鲜艳夺目的厚条纹花布筒裙配中国蓝绸围腰，外面再套一条身后缀有金黄色穗子的罩裙，往右侧唱诗班的跟前一站。这时候教堂执事准会连连咳嗽，不由自主地眯起眼睛直往这边瞟。村长则摩挲着小胡子，将长发捋到耳后，对站在身边的人说："嘿，真是个俊俏娘儿们！迷人的狐狸精！"

索洛哈对每个人都鞠躬致意，结果每个人都以为只是向他一个人施礼。不过爱管闲事的人立即便会发现，索洛哈对哥萨克丘布更为青睐。丘布是个鳏夫，房前经常堆着八垛谷类作物。四头壮实的犍牛每次看见奶牛大妹子或者胖牯牛大叔经过，都会从篱笆编成的牛棚里伸出头来，朝街上哞哞直叫。一只大胡子山羊常爬上屋顶，用市长似的尖嗓门儿逗弄在院子里高视阔步的火鸡，而远远望见老爱揪它的胡须的冤家对头——顽童们时，则转身以屁股相对。丘布家的一个个箱子里装满了布料、短上衣和饰有金线的老式长袍：他已故的妻子是个讲究穿戴的人。他的菜园里除了罂粟、白菜、向日葵以外，每年都种两畦烟草。索洛哈认为，将这一切归并到她自己的家产中也不嫌多。她早已经成竹在胸，一旦由她经手，整个家业必定经营得井井有条，于是她对老丘布便格外垂青。为了设法不让她的儿子瓦库拉再去追求丘布的女儿，不让瓦库拉将一切悉数据为己有，到时候任何事情都不容她插手，她便施展出所有爱惹是生非的四十岁女人们的惯用伎俩：尽量让丘布与铁匠频频发生龃龉。也许，正是由于她爱耍这类狡猾伎俩和精于算计，老太婆们才开始谣传，尤其是在热热闹闹的场合多喝了几杯之后，都说索洛哈就是个妖精；说小伙子基贾科卢片科亲眼看见过她身后拖着一条尾巴，至少像农妇们所用的纺锤那般大；还说上礼拜四她变成黑猫窜过大路；又有一回，一头猪跑到神父老婆家里，像公鸡似的打起鸣来，把孔德拉特神父的帽子扣到头上之后，就一溜烟地逃跑了。

　　正当老太婆们对此议论纷纷之际，恰巧过来了一个名叫托米什·科罗斯佳维的牧牛人。他当即向她们讲述：夏天的时候，临近圣彼得节①时，他在牛棚里垫好一捆麦秸当枕头，刚躺下睡觉时，亲眼看见一个披头散发的妖精，只穿一件衬衫，在那里挤牛奶。可他却不能动弹，像中了魔似的。妖精挤罢牛奶，来到他身边，在他的嘴唇上抹了一些臭烘烘的东西，害得他过后整整一天都不住地啐口水。不过这番话颇为令人生疑，因为只有索罗钦的阶层代表一个人才看得见妖精。所以，那些有点儿名望的哥萨克听到这类说法，全都连连摆手，通常的回应就是："尽是狗婆娘们的胡说八道！"

索洛哈从炉灶中爬出来，理好头发和衣服之后，就像一个勤快的主妇那样动手收拾屋子，将各种东西摆放好，但那些麻袋她却没有去动："这是瓦库拉搬来的，就让他自己搬出去吧！"与此同时，正当魔鬼飞进烟囱的时候，偶一回头，看见丘布和干亲家手拉着手，已经离家很远了。他嗖的一声飞出炉灶，挡住他们的去路，把周围冻结了的雪粉碎为一堆堆的细末。于是，掀起了一场暴风雪。空中白茫茫一片。雪花密集如网，来回飞舞，险些塞满行人的眼睛、嘴巴和耳朵。魔鬼重又飞进烟囱，确信丘布会同干亲家一道返回家中，撞见铁匠，将他揍个半死，好让其长时间都无法握笔，别再乱画一些令魔鬼深恶痛绝的坏画儿。

果真，暴风雪刚一刮起，冰冷的朔风扑面而来，眼睛感觉

---

① 东正教节日，时间为俄历 6 月 29 日。

有如针扎，丘布即已表露出悔意。他用棉帽紧紧扣住额头，不住地咒骂自己、魔鬼和干亲家。不过，这悔意是假装的。丘布其实为暴风雪的袭来喜不自胜。到执事家还有他们走过的路程八倍之远。于是，二人转身往回走。狂风吹到了后脑勺上。透过漫天飞舞的雪花，什么也看不见。

"等一等，老兄！看样子，我们走错路了。"丘布往旁边跨了几步，说道，"我连一户人家也看不到。哎呀，好大的暴风雪！老兄，你往那边走走，看能不能找见路。我在这边找一找。准是妖魔鬼怪害得我们在这么大的暴风雪里打转转！你要是找着了路，别忘了喊我一声。哎哟，魔鬼把一大团雪砸进了我的眼睛！"

然而，还是找不着路。干亲家拐到另一个方向，踏着长筒靴走了几个来回，终于迎头碰见了一个小酒馆。这一发现让他喜出望外，将所有的烦恼都忘得一干二净。他抖掉身上的雪，走进门厅，全然没有把还撇在野外的干亲家挂在心上。这时，丘布觉得自己找到了路，便停下来扯开嗓门儿喊干亲家，可是那人连个影子也没有，于是他决定自个儿往前走。没走多远，他便瞅见了自家的房子。房屋周围和房顶上都堆满了积雪。他拍着寒风中冻僵了的双手，敲起门来，并且高声叫喊，让他的女儿快开门。

"你来这儿有什么事？"铁匠出门时厉声质问。

丘布听出是铁匠的声音，便后退了几步。"咦，不对，这不是我的家。"他自言自语，"铁匠不会随便到我家来。可是，再仔细瞧瞧，这也不是铁匠的家。那么这是谁的家呢？真想不到啊，我竟然没认出来！这不就是瘸子列夫钦科的家嘛！他不久前刚娶了个年轻媳妇儿，只有他家的房子和我家相像。怪不得一开始我总觉得有点儿奇怪，怎么这么快就到家了。可是列夫钦科这会儿正坐在执事家里，这我很清楚。铁匠到这儿来干吗呢？嘻嘻！他来找人家的年轻媳妇呢。原来是这么回事呀！太妙了！……现在我全都明白了。"

"你是什么人？干吗在别人家门口转悠？"铁匠走近一步，更加严厉地质问。

"不，不能告诉他我是谁，"丘布寻思，"说不定他还会揍我一顿呢。这个该死的狗杂种！"于是，他变腔变调地回答说：

"是我呀，好心人！我来你家窗前唱一会儿圣诞颂歌，给你们解解闷儿。"

"快滚开，带上你的圣诞颂歌见鬼去吧！"瓦库拉怒气冲冲地吼道，"你还站着干吗？听见没有，马上给我滚开！"

丘布本来已经打算理智地对待此事了，然而硬要他服从铁匠的命令，却让他感到气恼，像是有个鬼怪在撺掇他，逼着他说一些相反的话。

"真是的，你这么大喊大叫干吗？"他仍旧变腔变调地说，"我想唱唱圣诞颂歌，就了事了嘛！"

"哼！你倒啰唆个没完没了啊！……"话还没说完，丘布就感到肩膀上重重地挨了一家伙。

"我看你这架势，已经是动手打人啦！"他后退了几步说。

"快滚开，快滚开！"铁匠怒吼着，又搡了丘布一把。

"你怎么啦?"丘布说话的声音表露出了又痛又恼又胆怯的感觉,"你还真打起人来了,而且还打得生疼!"

"快滚,快滚!"铁匠吼道,随即砰的一声关上了门。

"瞧瞧,胆子还真不小啊!"丘布孤零零地待在外面说,"你敢出来试试吗?你算个什么东西!有什么了不起的!你以为我不敢告你?错了,好小子,我要告,而且要直接去见警察署长。要让你知道我的厉害!我才不管你是什么铁匠、画匠呢。不过,我还是瞧瞧脊背和肩膀吧:我猜,肯定有瘀血和青斑了。这魔鬼崽子打得还真狠!可惜天太冷,我不想脱了羊皮大衣来查看!你等着吧,该死的铁匠!但愿魔鬼猛揍你一顿,砸烂你的铁匠铺。我会叫你知道我的厉害的!你这个该死的坏蛋!对了,正好他这会儿不在家,想必索洛哈是一个人待在那里。嗯……她家离这儿不远,这就去找她好了!现在是个好机会,没有人会撞见我们。兴许,还可以……哎哟,这该死的铁匠,打得我好疼呀!"

说着,丘布揉了揉脊背,便朝另一个方向走去。想着即将和索洛哈幽会的赏心乐事,疼痛便略略减轻了些,对天寒地冻也不那么敏感了。其实,到处都冻得噼噼啪啪地爆裂作响,连暴风雪的呼啸也掩盖不了这种声音。狂风让他的胡须全都沾满了雪花,比任何一个专横地揪住顾客鼻子的理发匠涂抹剃须膏的手法都更为利索。然而,他脸上还是时不时地有几分甜蜜的表情。要不是雪花上下翻飞迷人眼目,你准能久久地看见丘布的身影。他不时地停下,揉揉脊背,骂一句"该死的铁匠,打得我好疼",然后重又向前行进。

就在长着尾巴和山羊胡的花花公子从烟囱里飞出又飞进的时候，他腰间挂在肩带上的那个藏着偷来的月亮的子弹袋，不知怎么猛地刮擦了一下炉壁。袋口张开了，于是月亮便乘机飞出了索洛哈家的烟囱，冉冉地升上天空，重又照亮了万物，好像暴风雪并未刮过似的。积雪铺满广阔无垠的原野，闪耀着银光，宛如遍地的星星熠熠生辉。严寒的天气稍稍转暖。小伙子和姑娘们成群结队地手提麻袋走出家门。歌声如潮，此起彼伏，家家户户门前无不聚集着唱圣诞颂歌的人群。

皓月当空，光华四射！在这样的夜晚，在一群充满欢声笑语、尽情歌唱的青年中间挤来挤去，舒畅的心情难以言表。他们戏谑和玩耍的新花招层出不穷，只有在这充满欢笑的夜晚才能想得出来。穿上厚厚的羊皮袄，浑身暖暖和和。在严寒中，脸颊冻得更加红艳，仿佛魔鬼在背后唆使着人们去寻欢作乐。

一大群手提麻袋的姑娘拥进丘布家，将奥克萨娜团团围住。他们大呼小叫，嘻嘻哈哈，说长道短，吵得铁匠耳朵都快聋了。大家争先恐后地向小美人儿讲述新闻，打开袋子炫耀她们唱圣诞颂歌得来的大量面包、香肠、饺子。奥克萨娜显得心满意足、兴高采烈，时而和这个姑娘说说笑笑，时而同那个姑娘叽叽喳喳，不停地打着哈哈。铁匠瞧着这欢乐的场面，不禁感到些许懊丧和忌妒，对今年唱圣诞颂歌怀恨在心。其实，他自己向来都对这一活动充满狂热。

"啊，奥达尔卡！"开心的小美人儿回头对一个姑娘说道，"你穿了一双新鞋呀！嘿，多漂亮！还镶着金丝呢！你真有福气，奥达尔卡，有人肯为你买各种东西。我就没人给买这么好看的鞋子。"

"别忧心，我看不够的奥克萨娜！"铁匠接茬儿说，"我这就给你买一双连千金小姐也很少能穿的好鞋。"

"你吗？"奥克萨娜当即不屑地瞥了他一眼说道，"我倒要看看，你从哪儿去弄来这样的鞋让我穿。难道你还能给我弄到一双皇后穿的鞋不成？"

"瞧，她想穿的是什么样的鞋呀！"姑娘们都笑着嚷嚷。

"就是的，"小美人儿高傲地接着说道，"你们大家都做个见证：如若铁匠瓦库拉能给我弄来一双皇后穿的鞋，我起誓，我立马就嫁给他。"

姑娘们带上任性的小美人儿同她们一道走了。

"笑话吧，笑话吧，"铁匠跟着她们出门时说道，"连我自己都笑话自己呢！我一直在想，可就是想不明白，我的脑子都长哪儿去了。她并不爱我——咳，那就随她的便好了！好像这个世界上就她奥克萨娜一个姑娘似的。感谢上帝，除了她，村里的好姑娘多的是。奥克萨娜算什么呀？她永远也成不了一个好主妇，只会成天梳妆打扮。不，何苦呢，再也不能犯傻了。"

然而，正当铁匠痛下决心之际，有个恶魔却又将奥克萨娜饱含讥笑的面容呈现在他眼前，仿佛在嘲弄地说："铁匠，你把皇后的鞋搞到手，我就嫁给你！"他心潮澎湃，重又一心想着奥克萨娜了。

唱圣诞颂歌的人成群结队，小伙子一伙儿，姑娘们一伙儿，步履匆匆地走街串巷。但铁匠却踽踽而行，对他曾经比任何人都更为热衷的欢快场景视而不见、浑然不觉。

此时，魔鬼正在向索洛哈大肆展示他的柔情蜜意。他像阶层代表对待神父的女儿一样，故作多情地亲吻她的手，手捂心口长吁短叹，甚至直言不讳地说，如若她不肯满足他的情欲，像惯常一样让他如愿以偿，那么他便什么都在所不顾：当即投河自尽，径直将灵魂罚入地狱。索洛哈并非铁石心肠，而且众所周知，魔鬼同她一向情投意合。毕竟她喜欢一大群人追逐自己，很少有无人相伴的时候。不过今晚她打算只身度过，因为村中的头面人物已悉数应邀到教堂执事家中用蜜饭去了。但事情并不尽然：魔鬼刚刚提出自己的要求，突然间传来了身强体壮的村长的声音。索洛哈连忙跑去开门，身手敏捷的魔鬼一下子便钻进了放在地上的麻袋。

村长抖掉帽子上的雪花，干了一杯索洛哈递过来的伏特加酒，然后告诉她说，他没到教堂执事家去，是因为刮起了暴风雪；看见她屋里亮着灯，就顺便来找她，想陪她共度今宵。

村长的话尚未说完，屋外又响起一阵敲门声和教堂执事的说话声。

"快找个地方把我藏起来，我可不愿意在这儿跟执事碰面。"

究竟将这位大块头的客人藏到何处，索洛哈颇费思量。最后，她选中了一个最大的装煤的麻袋。她将煤倒在木桶里，随后五大三粗的村长连同他的胡子、脑袋和棉帽便一股脑儿地钻进了麻袋。

教堂执事进得门来，嘴里连连呼哧，不停地搓手，说一个客人也没到他家去，他很高兴有这个机会到她这儿来"玩一玩"，他才不怕暴风雪呢。说着，他靠近她身边，咳嗽了一声，嬉皮笑脸地用他那长长的手指摸了摸她那赤裸、丰腴的手臂，面露狡黠而惬意的神情说道：

"您这儿是什么呀，美丽的索洛哈？"说罢，倒退了几步。

"这都不知道？胳膊呗，奥西普·尼基福罗维奇！"索洛哈回答。

"嗯，是胳膊！嘻嘻嘻！"执事对他的开场白极为满意，在房间里踱了踱步。

"您这儿又是什么呢，最亲爱的索洛哈？"他带着同样的神情问道，重又挨近她，一只手轻轻搂住她的脖子，随后又照例倒退了几步。

"好像您看不见似的，奥西普·尼基福罗维奇！"索洛哈回答说，"这是脖子，脖子上戴的是项链。"

"嗯，脖子上戴项链！嘻嘻嘻！"执事再次搓着手在房间里踱起步来。

"那么，您这儿是什么呢，无与伦比的索洛哈？……"这一次执事不知道该用他的长指头去摸什么。猛然间响起了敲门声和哥萨克丘布的喊声。

"哎呀，我的上帝，有人来啦！"执事惊呼，"我这种身份的人要是在这儿被人撞见，那可怎么办？……准会传到孔德拉特神父耳朵里去！……"

不过，教堂执事的担心另有缘由：他更为惧怕的是，可别让老婆知道了，即便没有这场幽会，平日里她那双可怕的手也早已将他那束粗粗的发辫揪成一根细绳了。

"看在上帝的分儿上，好心肠的索洛哈，"他浑身战栗着说，"您的仁慈之心，像《路加福音》第十三……第十三章所说……有人在敲门，真的在敲门哪！啊，快找个地方把我藏起来吧！"

索洛哈将另外一个麻袋里面的煤倒入桶中，于是教堂执事那块头不大的身体便钻进了麻袋，待在袋子的最底下。这样，上面空出的地方还能装下半袋煤。

"你好啊，索洛哈！"丘布边进门边说，"你可能没想到我会来吧，啊？真的，没想到吧？也许，我打扰你了？"丘布不断地说着，脸上显露出一副乐呵呵的意味深长的表情，令人一看便知，他那并不灵活的头脑又在使劲儿琢磨，力图拼凑出某种刻薄而离奇的笑话来，"兴许你和什么人正在这儿寻开心吧……兴许，你已经把谁藏起来了吧，啊？"丘布为自己的这一席话而扬扬自得，不禁笑了起来，内心窃喜，以为只有他一个人受到索洛哈的厚待，"喂，索洛哈，给我喝点儿伏特加吧。我想，这该死的大冷天把我的嗓子都冻坏了。上帝怎么在圣诞节安排了这么糟糕的一个夜晚！好厉害的暴风雪啊！听见了吗，索洛哈？好厉害呀……瞧，手都冻僵了，解不开皮袄的扣子了！这风雪也太大了……"

"开门！"外面传来一声叫喊，同时响起咚咚的敲门声。

"有人敲门呢！"丘布打断话头说。

"开门呀！"喊得更起劲了。

"这是铁匠呀！"丘布抓住棉帽，说了一句，"听见没有，索洛哈？你随便找个地方把我藏起来吧，我无论如何也不想让这个该死的坏蛋在这儿见到我，巴不得让这狗崽子眼睛底下长出两个草堆般的大疱来！"

索洛哈自己也吓坏了，像被火烧着了似的团团乱转，稀里糊涂地打了个手势，让丘布钻进执事已经躲在其中的那个麻袋里去。执事可倒大霉了，当一个死沉死沉的庄稼汉几乎径直坐到他的头顶上，将一双在严寒中冻得结了冰的大皮靴踩在他的太阳穴两边之时，他强忍着疼痛，连咳嗽一声、哼哼一声都不敢。

铁匠进门之后，一言不发，也不脱帽，一歪身子半躺到长凳上。显而易见，他心情非常不好。

正当索洛哈关上他身后的房门之际，又有人敲门。原来是哥萨克斯韦尔贝古兹。已经不能将此人藏进麻袋了，因为再也找不到这样大的麻袋了。他的体重超过村长，个头高过丘布的干亲家，因此索洛哈便将他领进菜园，好听听他想要向她倾吐的全部心里话。

铁匠漫不经心地扫视房间的各个角落，不时谛听远处传来的圣诞颂歌的歌声。终于，他的目光停留在了那几个麻袋上："这些袋子搁在这儿干吗？早就该搬走了。这场愚蠢的恋爱害得我整天昏头昏脑。明天就过节了，房里到现在还堆满乱七八糟的东西。把它们都搬到打铁铺里去吧！"

说着，铁匠就蹲到这些巨大的麻袋跟前，将袋口重新扎紧，准备往肩上扛。不过，他显然心不在焉，否则他准会听见，丘布在捆扎麻袋的绳子绞住头发时疼得低声哼叫，健壮如牛的村长分明还打起了饱嗝儿。

"难道我就舍不下这个不中用的奥克萨娜吗？"铁匠说，"我不愿意想她了，可是，好像故意要作对似的，偏偏无时不想着她一个人。为什么这个念头总是不由自主地钻进头脑里呢？真是见鬼了。麻袋好像比先前重多了啊！除了煤，里面准是又装了些别的什么东西。我真是个傻瓜，竟然忘了，现在我拿什么都觉得比以往重了！首先，从前我一只手就能把五戈比的铜币或者一块马蹄铁捏弯又掰直，可现在连一袋煤都扛不动。过不了多久，恐怕连风也会把我吹倒了。不，"他沉默了片刻，才振作起来大喊一声，"我可不是个娘儿们，绝不能让别人笑话我！哪怕十个这样的麻袋，我也能扛动。"说罢，他鼓足力气，一下将两个壮汉也搬不动的两个麻袋扛到了肩上。"把这个也拿上得了，"他继续说道，顺手提起那个魔鬼蜷缩于其中的小麻袋，"大概我把打铁的工具也装在里面了。"说罢这话，他走出了房门，用口哨轻轻吹奏着一支小曲：

娶个媳妇招麻烦，

这事儿我可不干。

大街小巷的歌声和叫嚷声越来越响亮。熙来攘往的人群，由于邻近各村也纷纷参与，声势更为浩大。年轻人们尽情地闹腾、狂欢。此起彼伏的圣诞颂歌之中，常常会听到一支欢快的小曲，那是一个年轻的哥萨克即兴创作而成。蓦然之间，人群中有一个人不唱圣诞颂歌了，却来了一段贺年小调。只听他扯起嗓子高声唱道：

> 大过年，请大方点儿！
> 给个甜饺子尝一尝，
> 来一碗菜粥也不赖，
> 最好赏一串肉灌肠！

众人哈哈大笑，算是给予这位逗笑者的奖励。一扇扇小窗陆续打开，伸出老太婆们那一只只瘦骨嶙峋的手，从窗口递出香肠或者馅饼——此时此刻，留守在家中的也唯有老太婆和老成持重的老爷爷了。小伙子和姑娘们争先恐后地将麻袋伸过去，接过这些礼物。有一个地方，小伙子们从四面八方将一群姑娘团团围住，尽情嬉戏打闹，欢声笑语不绝于耳：你扔过来一个雪团，他夺走装满各色物品的麻袋。在另一个地方，姑娘们正在捕捉一个小伙子。她们脚下使出绊子，小伙子连同麻袋便瞬间栽倒在地。看来，他们是决心痛痛快快地闹个通宵了。仿佛有谁特意安排好似的，今夜出奇地暖和！在积雪的辉映下，月光显得更加明亮。

铁匠扛着麻袋站住了。他似乎听见一群姑娘中有奥克萨娜说话的声音和尖细的笑声。他的心中顿时为之一震，便猛然将两个麻袋扔到地上，结果蹲在一个麻袋底部的教堂执事疼得呻吟起来，村长也大声地打了个饱嗝儿。他只扛了个小麻袋，同一群尾随着姑娘们的小伙子一起慢吞吞地走着。正是在那群姑娘中间，他听见了奥克萨娜的说话声。

"没错，就是她！她站在那里，像女皇似的，乌黑的眼睛灼灼发亮！有个一表人才的小伙子在向她讲着什么事情，准是十分有趣，所以她一直在笑。不过，她平日里也总是笑口常开的啊！"铁匠似乎身不由己，连自己都不明白是怎么回事，就挤过人群，站到了她的身旁。

"噢，瓦库拉，你也在这儿呀！你好啊！"小美人儿说这话时，脸上依然露出那足以让瓦库拉神魂颠倒的笑容，"怎么样，唱圣诞颂歌得到的东西多不多？唉，麻袋太小了嘛！皇后穿的鞋弄来了吗？你只要弄到鞋，我就嫁给你！"说罢，她大笑着和一群人跑开了。

铁匠像被钉到了地上一般呆立在原地。"不，我受不了了，再也没有力量了……"他终于说道，"可是，我的上帝，她为什么长得这般美丽动人啊？她那看人的眼神，她所说的话，一切的一切，全都折磨着我，使我饱受煎熬……没办法，我已经控制不了自己啦！这一切都该结束了！就让灵魂万劫不复吧，我宁愿跳进冰窟窿淹死，消失得无影无踪！"

于是，他毅然决然地迈步向前，赶上人群，与奥克萨娜并排行进，口气坚定地说：

"永别了，奥克萨娜！任随你去找一个什么样的未婚夫，随便你去愚弄谁都行。我嘛，在这个世界上，你再也见不着了。"

小美人儿似乎感到很惊讶，正想要说什么话，铁匠却挥挥手，扭头跑掉了。

"你去哪儿呀，瓦库拉？"小伙子们看到铁匠跑开，纷纷叫喊。

"永别了，伙伴们！"铁匠喊着回答，"上帝保佑我们在阴间再相会吧，在阳世我们已经不可能一块儿玩儿了。永别了！有对不起的地方，还请多多原谅！请转告孔德拉特神父，求他替我做个安灵祭，超度我有罪的灵魂。真是罪过，我成天忙于世俗的杂事，没能画好上帝和圣母的圣像前面那些蜡烛。我箱子里的所有财物，全都捐献给教堂吧！永别了！"

铁匠说完这番话，又扛着麻袋飞奔而去。

"他发疯了！"小伙子们都说。

"一个堕落的灵魂！"有个路过的老太婆虔诚地嘟哝了一句，"得去告诉大家，铁匠上吊了！"

瓦库拉跑过几条街，停下来喘了喘气。"真的，我这是往哪儿跑呀？"他心想，"好像全是白费力气。我得试试别的办法：去找扎波罗热人——大肚汉帕秋克。听人说，所有的魔鬼他全都认识，他能够心想事成。我这就去找他，反正我的灵魂也不得不堕落了！"

这时候，在麻袋里一动不动地躺了很久的魔鬼高兴地蹦跳了起来。可是铁匠还以为是他的手在不经意间碰到了麻袋，所以引起了震动，便用结实的拳头捶打了一下麻袋，又将其在肩膀上抖了抖，然后径直朝大肚汉帕秋克家走去。

这个大肚汉帕秋克一度的确曾是扎波罗热那地方的人，但他究竟是被驱逐出了扎波罗热还是自己逃出了扎波罗热，就谁也无从得知了。他早就住在狄康卡，已经十年或者十五年了。

起初，他的日子过得倒还像真正的扎波罗热人：什么活儿也不干，一睡就是大半天，吃饭顶得上六个割草人，一气儿几乎能喝整整一桶酒。不过，他的肚子完全装得下，因为他虽说个子不高，但膀阔腰圆，相当壮实。加之他穿的灯笼裤十分肥大，不管他迈多大的步子，根本看不见他的脚，仿佛一只酿酒用的大木桶在街上滚动。这也许就是他得了个"大肚汉"绰号的缘由。他来到村里之后，没过几天，大家即已知道他是个巫医。平日有人生了病，马上就去请帕秋克。帕秋克只需口中念念有词地咕哝几句，病痛便会霍然而愈。有一次，一位饥肠辘辘的贵族被鱼骨头卡住了喉咙，帕秋克十分熟练地用拳头捶了捶那人的脊背，鱼骨便顺利地吞咽了下去，丝毫未伤及贵族的喉管。最近，他很少露面，也许是由于他生性懒惰，也许是由于他出入房门已经变得一年比一年困难了。这样一来，村民如果有求于他，就只得亲自登门请教了。

铁匠不无胆怯地推开门，看见帕秋克像土耳其人那样盘着腿坐在地板上，面前有个小木桶，桶上放着一盆面疙瘩。那盆儿的高低正好与他的嘴持平。他连一根指头也不必动弹，只需略微低头凑近盆边，便可大口地喝汤，还不时地用牙齿叼了面疙瘩吃。

"不行，"瓦库拉心想，"这家伙比丘布还懒得多：那人至少还用勺子吃东西，可这个家伙连手都不肯抬一抬！"

想必帕秋克是专心致志地享用面疙瘩，因为他似乎一点儿也不曾察觉铁匠的到来。其实铁匠刚刚跨过门槛，就向他深深地鞠了一躬。

"我是来恳求你的，帕秋克！"瓦库拉说罢，再次鞠躬。

肥头大耳的帕秋克抬了抬头，重又吃起了他的面疙瘩。

"你听了可别动气，听人家说……"铁匠鼓起勇气说，"我提起这个话头并不是要冒犯你——都说你和魔鬼沾点儿亲呢。"

说完这几句话，瓦库拉颇为担心，认为表达得太直截了当了，没能把那些有刺激性的话说得委婉一些，以为帕秋克会抓起小木桶和汤盆一股脑儿地朝他的头顶砸过来，他只能略加躲闪，拿袖子遮挡，以防滚烫的面汤和面疙瘩泼到他的脸上。

然而，帕秋克只是瞟了他一眼，照旧吃他的面疙瘩。受到鼓舞的瓦库拉继续说道：

"我是来求你的，帕秋克。上帝保佑你万事如意、招财进宝，粮满囤来谷满仓！"铁匠有时也会穿插几句时兴的话语，那都是他在波尔塔瓦替百人长彩绘木板围墙时学来的。"我这个罪人只剩下死路一条了！人世间谁也救不了我！祸事是躲不掉的，我只好求魔鬼亲自帮我一把了。怎么样啊，帕秋克?"铁匠见帕秋克依然默不作声，就又问了一句："我该怎么办呢?"

"如若需要魔鬼，那就去找魔鬼好啦！"帕秋克答话时眼皮都不抬一抬，照旧吃他的面疙瘩。

"我就是为这事来求你的。"铁匠一边回话，一边鞠躬，"我想，人世之上除了你，谁也不认得能找到魔鬼的路。"

帕秋克一言不发，专心吃完剩下的面疙瘩。

"你就行行好吧，好心的人，务必劳你驾了！"铁匠趋前恳求道，"无论是猪肉、香肠、荞麦面粉……噢，还有亚麻布、小米或者其他东西，只要你用得着……就像善良的人们之间平日时兴的那样……我绝不会舍不得的。只求你告诉我，比方说，怎样能找到去见魔鬼的道路呢？"

"魔鬼就在你身后，何必到远处去找？"帕秋克冷漠地说，并未改变其姿势。

瓦库拉两眼直愣愣地盯着帕秋克，仿佛那人额头上写着对这句话的诠释似的。"他这话是什么意思呢？"瓦库拉的神情似乎在无声地发问，而那半张不张的嘴巴则准备将帕秋克要说的话立即像吃面疙瘩似的吞咽下去。然而，帕秋克缄口不言。

这时候，瓦库拉发现他面前无论是面疙瘩还是小木桶，全都不见了，而地板上却摆上了两个木头钵子：一个盛着甜馅儿饺子，一个盛着酸奶油。他的心思和目光不由自主地集中到了这些食物上。"我倒要看看，"他自言自语地说，"帕秋克会怎样吃这些甜馅儿饺子。总不能像喝面疙瘩汤那样低下头去吃吧，而且也不应该：吃甜馅儿饺子得先蘸一蘸酸奶油呀！"

他正在寻思之际，帕秋克已经张开了嘴巴。他瞧了瞧甜馅儿饺子之后，嘴张得更大了。这时候，一个甜馅儿饺子从钵子里蹦了出来，啪的一声掉进酸奶油里，翻了个面儿，向上一跳，正好落进帕秋克的嘴里。他一口吃掉，再次张开嘴巴，甜馅儿饺子也再次以同样的方式掉进他的嘴里。

"嘿，真是怪事！"铁匠心想，惊讶得张大了嘴巴，同时发现一个甜馅儿饺子跑进了他的嘴里，还抹了他一嘴唇的酸奶油。铁匠丢掉饺子，擦干净嘴唇，暗自寻思：这人世间真是无奇不有，恶魔竟然能把人变得如此高明。于是，他认定只有帕秋克才能帮他一把。"我再求求他，请他好好指点指点我……可是，怎么回事呀？今天明明是吃蜜饭的斋期①，偏偏吃起了饺子，而且是荤油饺子！我真是个傻瓜，还站在这儿，简直是作孽犯罪啊！还不快走？"于是，虔诚信教的铁匠忙不迭地冲出了房门。

　　然而，待在麻袋中早已满心欢喜的魔鬼，却不能容忍这么好的猎物从手里溜掉。铁匠刚刚放下麻袋，他便从里面蹦了出来，一下子骑到了铁匠的脖子上。

　　铁匠打了个寒战。他不胜惊恐，脸色煞白，不知道如何是好。他已经想要画十字了……可是魔鬼将他那张丑脸凑近铁匠的右耳朵，说："我是你的朋友呀！为了朋友和伙伴，我什么事情都肯干！你要多少钱，我都给你。"接着，他对着铁匠的左耳朵尖声说道："奥克萨娜今天就是咱们的了。"他重又把丑脸对着铁匠的右耳朵，低声咕哝了一句。

　　铁匠站在那里仔细思量。

　　"好吧，"他最终说道，"要是你说的话算数，我就听你的！"

　　魔鬼两手一拍，乐得在铁匠的脖子上跳起加洛普舞来。"这下子铁匠可中了圈套了！"他心想，"你的那些破画儿和胡编的故事都是对魔鬼们的恶意中伤，亲爱的，这回我可要拿你解解恨了！现在，我的那些伙伴们得知全村最虔诚信教的人落到了我手里，他们会怎么说呢？"想到这里，魔鬼高兴得笑

---

① 乌克兰人圣诞节前夕吃蜜饭等素食，禁食肉类、乳类等荤食。

了，因为他想象到他会将地狱里所有生着尾巴的同类逗弄一番，让那个他们之中公认的最足智多谋的瘸腿魔鬼气得发疯。

"喂，瓦库拉！"魔鬼尖声叫道。他仍然骑在铁匠的脖子上，好像担心铁匠会逃走似的。"你是知道的，不签合同任什么事也办不成。"

"我同意签！"铁匠说，"我听说，你们都兴用血来签字。等一等，我这就从口袋里掏出一个钉子来！"说着，他将一只手伸到背后，一把揪住魔鬼的尾巴。

"瞧瞧，你还真会逗人！"魔鬼笑着喊道，"喂，行了，你也胡闹够了！"

"等一等，亲爱的！"铁匠高声说道，"你看看这个怎么样？"他边说边画了个十字，结果魔鬼就变得羔羊般温驯了。"再等一等！"说罢，他提着魔鬼的尾巴将其按到地上，"我要让你知道，唆使善良的人和诚实的基督徒们犯罪会是什么下场！"这时候，铁匠仍然揪住尾巴不放，猛地一跃便骑到了魔鬼身上，抬手要画十字。

"饶了我吧，瓦库拉！"魔鬼悲悲切切地呻吟起来，"你要什么，我全都给你办到，只求你放我的灵魂去忏悔，不要对我画那可怕的十字了！"

"噢，你倒变得识相起来了，该死的家伙！现在我可知道该怎么办了。马上把我驮到背上，载着我像鸟儿那样飞走！"

"飞到哪儿去呀？"垂头丧气的魔鬼问了一句。

"去彼得堡，径直去见女皇！"

随即铁匠便吓得发了呆，因为他感觉自己已经飘飘然升腾到了高空。

奥克萨娜久久地伫立在那里，琢磨着铁匠所说的那番非同寻常的话。她的内心中已经有个声音在说，她对待他太残酷无情了。要是他真的干出什么可怕的事情怎么办？"那可说不定！或许，他因为伤心，突然爱上别的姑娘，还赌气把她说成村里的头号美人儿，那可怎么办？不过，不会的，他爱的是我。我这么漂亮，他无论如何也舍不得我的。他这是在闹着玩儿呢，装装样子罢了。过不了多久，他准定又会来看我的。我的心也着实太硬了。就算有点儿不情愿，也该让他亲一亲才对。那样他会高兴坏了的！"想到这里，轻佻的小美人儿又去跟女伴们嬉闹了。

"都等一等，"一个女伴说，"铁匠把他的两个麻袋忘在这儿了。你们瞧，这些麻袋好大呀！他唱圣诞颂歌可不像我们挣的那么少：我估摸，人家把小半只羊都塞到这口袋里了，而且香肠和面包肯定多得没法儿数。了不得！过好几个节都够吃了！"

"这都是铁匠的麻袋吗？"奥克萨娜接过话茬儿，"咱们赶快把它们拖到我家，好好看一看他都攒了些什么东西。"

大家都嘻嘻哈哈地赞同这个提议。

"可是咱们搬不动呀！"一群人都嚷嚷起来，同时还在用力地推拉那些麻袋。

"先别忙，"奥克萨娜说，"咱们去找一副雪橇来，用雪橇把它们拉回去！"

于是，大家便跑去找雪橇。

困在麻袋里的人难受极了，虽然教会执事用手指抠出了一个相当大的洞，透了透气。要是没有人，也许他就设法逃出来了。然而，当众从麻袋中往外爬，让自己成为笑柄，却……这就阻止了他轻举妄动。他决定等一等再说，只是在丘布那毫不留情的大皮靴下轻轻地呻吟。丘布也巴不得能脱身，感觉到身子底下有个什么东西，坐在上面怪不舒服的。可是，他很快就听到了女儿的主意，终于放下心来，不再想往外逃了，因为他估计，到他家至少还得走个一百来步，说不定多达两百步。钻出麻袋后，总得收拾整理一番衣冠仪容，扣上皮袄扣子，系好腰带——那多麻烦！而且，帽子还落在索洛哈家了。倒不如让姑娘们用雪橇拉回去算了。然而，事情完全出乎丘布的意料。正当姑娘们跑去找雪橇的时候，瘦骨伶仃的干亲家从小酒馆里走了出来，垂头丧气，心绪不佳。小酒馆的老板娘无论如何也不肯给他赊账。他想等一等，或许会有哪位信教的贵族到酒馆来，请他喝上一杯。可是，仿佛成心叫人为难似的，所有的贵族都足不出户，统统像虔诚的基督徒那样陪着家人吃蜜饭。干亲家正寻思着人心日下和吝啬鬼女老板的铁石心肠，却一脚碰上了麻袋，便不胜惊讶地站住了。

"瞧，是谁把装着什么东西的麻袋撒在路上了?"说罢，他环顾四周，"也许里面装的是猪肉吧。这人真走运，唱圣诞颂歌挣了这么多五花八门的东西！这么大的麻袋哪！就算里面装的是荞麦面包和烙饼，那也是好东西呀！哪怕里面只有大圆面包，也都不错嘛！抠门儿的女老板也会同意拿一个大面包换一杯伏特加的。赶紧搬走吧，别让人看见了。"说着，他就把装着丘布和教堂执事的那个麻袋往肩上扛，只是觉得太重了，"不行，一个人扛不动。"真凑巧，织布匠沙普瓦连科过来了。"你好啊！"他说。

"你好！"织布匠说着，停住了脚步。

"上哪儿去呀？"

"随便走走罢了。"

"好心人，帮我搬一趟麻袋吧！不知是谁唱罢圣诞颂歌，把得来的东西随手扔在路上了。我们俩就平分了吧。"

"麻袋？里面有什么东西？是白面包还是大圆面包？"

"不错，我估计全都有。"

于是，他们匆匆地从篱笆上拔下两根杠子，将一个麻袋放到上面，抬了就走。

"我们把它抬到哪儿去？到小酒馆去吗？"途中，织布匠问。

"本来我也想搬到小酒馆去，可是那个抠门儿的女老板不会相信的，她还会以为是我们偷来的呢。再说，我刚从小酒馆出来。咱们把它抬到我家里去好了。没人会打搅咱们——我老婆不在家。"

"真的不在家吗？"小心谨慎的织布匠问道。

"感谢上帝，我还没有糊涂到那个地步。"干亲家说，"鬼才会让我碰见她。我想她准是跟娘儿们游逛去了，不到天亮是不会回来的。"

"谁在那儿呀？"干亲家的妻子听见门厅里两个伙伴扛麻

袋进来弄出的响动，高声问了一句，便出来开门。

干亲家一下子愣住了。

"真没想到！"织布匠灰心丧气地说。

干亲家的妻子是那种世间少有的活宝贝。与她的丈夫一样，她几乎从来不待在家里，差不多成天都在那些搬弄是非的女人中间和有钱的老太太家里混日子，吹牛拍马、曲意逢迎，然后狼吞虎咽地饱餐一顿。只有到了早上，她才跟丈夫吵一吵架，因为她就这个时候能偶尔见着他。他们家的房子比乡文书的灯笼裤还要破旧得多，屋顶有些地方已经没有了麦秸。篱笆早已所剩无几，因为邻居们人人出门都从不带打狗棍，就指望经过干亲家的菜园时，顺手从篱笆上拔下来一根使用。炉灶两三天也不生一回火。娇气的妻子把从好心的人们那里乞求来的东西，尽可能地藏在丈夫找不到的地方。而且，他弄到的东西如果没来得及在小酒馆里换酒喝掉的话，她也常常随意据为己有。干亲家虽然向来沉着冷静，但也不喜欢对她一味地忍让，因此他几乎总是鼻青脸肿地走出家门，而那一口子则是唉声叹气、步履蹒跚地去向老太婆们诉说丈夫的暴行和她所遭受的毒打。

现在可想而知，织布匠和干亲家面对这种出乎意料的场景该有多么难堪。他们俩放下麻袋，用身子挡住，用衣服的下摆遮掩。然而，为时已晚——干亲家的妻子虽然老眼昏花、视力不佳，却早已发现了麻袋。

"这倒不错！"她说这话时流露出饿鹰捕获猎物时的那种欣喜之情，"太好了，你们唱圣诞颂歌挣了这么多东西呀！善良的人们总是这么舍得。不过，不对吧，我看准是你们从哪儿偷来的。快让我瞧瞧！听见了吗？马上让我瞧瞧你们那个麻袋里的东西！"

"秃头鬼才让你瞧呢，我们可不干！"干亲家摆出架势说。

"关你什么事？"织布匠说，"唱圣诞颂歌的是我们，而不是你。"

"不行，你就得让我瞧瞧，没出息的醉鬼！"干亲家的妻子怒吼起来，猛然给了瘦瘦的干亲家下巴上一拳，然后直扑麻袋。

然而，织布匠和干亲家勇敢地捍卫麻袋，迫使她后退。他们俩尚未回过神来，那女人已经跑进门厅，抄起了火钩。她麻利地用火钩猛击丈夫的胳膊和织布匠的脊背，又站到了麻袋跟前。

"我们怎么放她过去了？"织布匠清醒过来后说道。

"咳，我们怎么就放她过去了呢！你干吗要放过她？"干亲家冷静地说。

"看来，你们家的火钩是铁打的！"织布匠沉默了片刻之后，搔着脊背说，"我老婆去年在集市上买了把火钩，花了二十五戈比。那火钩倒没什么，打在身上不算疼……"

此时，那占了上风的女人将灯盏搁到地板上，解开麻袋，往里面瞧了瞧。可是，想必是她老眼昏花，虽说刚才一眼就瞅见了麻袋，但这一回却看走了眼。

"嗨，里面装着整整一头公猪啊！"她高声叫喊了起来，高兴得两手一拍。

"公猪？听见了吗，整整一头猪啊！"织布匠推了一把干亲家，"全都怪你！"

"有什么办法呢！"干亲家耸了耸肩膀说。

"怎么没有办法？我们还站着干吗？把麻袋夺过来得了！喂，快动手！"

"快滚开！滚！这是我们的公猪！"织布匠叫喊着跨步向前。

"走开，走开，臭娘儿们！这不是你的东西！"干亲家边说边走上前去。

那女人又拿起了火钩，可是这时候丘布却钻出了麻袋，站在门厅中间，伸着懒腰，仿佛睡了一大觉刚刚醒来似的。

干亲家的妻子两手往前襟上一拍，惊呼了起来。大家全都不由自主地张大了嘴巴。

"她这个傻瓜，怎么说是猪呢！这哪里是猪啊！"干亲家瞪着眼睛说。

"瞧，居然把这么大的一个人塞进了袋子！"织布匠吓得连连后退，"随你怎么说，任你怎么想方设法，离了恶魔根本办不到。他这块头，连窗子也爬不进啊！"

"这不是老兄嘛！"干亲家仔细瞧了瞧，不禁惊呼道。

"你当我是谁呀？"丘布苦笑着说，"怎么样，我给你们开的这个玩笑很不错吧！你们兴许还想把我当猪吃呢，对不对？别急，我还要让你们高兴高兴：麻袋里还有个东西——要不是头公猪，那就肯定是猪崽或者别的家畜，老在我的身子下面拱来拱去地乱动。"

织布匠和干亲家直扑麻袋，女主人则从另一头紧紧抓住麻袋不放。若不是教堂执事眼看着无处可躲，从麻袋中爬了出来，一场争夺战势必重新爆发。

干亲家的妻子目瞪口呆，一撒手，放开了教堂执事的一只脚。她原本想抓住这只脚，将他从麻袋中拽出来的。

"还有一个呀！"织布匠吓得大呼小叫，"鬼知道这世界是怎么搞的……把人的头都搅昏了……不装腊肠，不装大圆面包，偏偏把几个大活人装进麻袋！"

"这不是教堂执事嘛！"丘布说道，他比所有人都更为诧异，"真没想到！好一个索洛哈，居然把人装进麻袋……怪不得我看见满屋都是她的麻袋……现在我全明白了：她的每个麻袋里都装着两个男人。我还以为，她只对我一个人好呢……想不到索洛哈是这样的人！"

姑娘们发现一个麻袋不见了，觉得有点儿奇怪。"毫无办法，咱们就搬这只好了。"奥克萨娜嘟囔着。于是，大伙儿抬起麻袋，放到了雪橇上。

村长决定默不作声，心想：他如若叫喊起来，要她们解开麻袋，放他出来，傻丫头们准会吓得四散逃跑，还以为袋子里蹲着一个魔鬼呢。那样的话，他就只能被扔到街上了，说不定得待到第二天呢。

这时候，姑娘们一齐动手，拉着雪橇像旋风一般在嘎吱作响的雪地上飞跑。许多人淘气地坐到雪橇上，另一些人则径直爬到了村长身上。村长决心忍受一切。终于到家了，她们敞开门厅和室内的大门，嘻嘻哈哈地将麻袋往里拖。

"快瞧瞧里面都装了些啥！"大家嚷嚷着，急忙去解开麻袋。

这时候，村长蹲在麻袋里时，一直让他饱受折磨的打嗝儿的感觉越发强烈了。终于，他高声大嗓地打起嗝儿来，还连连地咳嗽。

"哎呀，里头有个人哪！"大家惊呼着，吓得夺门而逃。

"真见鬼！你们发疯似的往哪儿跑呀？"丘布进门时说。

"哎呀，爸呀！"奥克萨娜说，"麻袋里有个人！"

"麻袋里？你们从哪儿弄来的这个麻袋？"

"铁匠扔在路上的。"大伙儿齐声说道。

"噢，是这样，我就说嘛……"丘布暗自思忖。

"你们怕什么呀？咱们来瞧瞧！喂，伙计，我们没法儿用本名和父名称呼你，请你别见怪。你从麻袋里爬出来吧！"

于是，村长便爬了出来。

"啊！"姑娘们齐声惊叫。

"村长也钻麻袋了，"丘布心想，困惑不解地从头到脚打量着其人，"原来如此！唉！……"他再也无话可说了。

村长本人也狼狈不堪，不知如何开口。

"天气想必很冷吧？"他对丘布说道。

"是有点儿冷，"丘布回答说，"请问，你都用什么擦靴子？脂油还是焦油？"

他言不由衷，想问的其实是："村长，你怎么也钻进这个麻袋了？"然而，他自己也不明白，怎么就说出一句截然不同的话来了。

"用焦油擦好一些！"村长说，"好吧，再见了，丘布！"说罢，他戴上帽子，便出门而去。

"我干吗要傻里傻气地问他用什么擦靴子呀！"丘布望望村长出去的门说，"索洛哈真不简单！她把这么体面的人也塞进麻袋里了！……好一个鬼婆娘！我倒成了傻瓜了……对了，那只该死的麻袋哪儿去了？"

"我把它扔到屋角了，里面再也没有什么东西了。"奥克萨娜说。

"我可懂得这套把戏，哪能什么都没有！把它搬到这儿来，里头还躲着一个人呢！好好抖一抖……什么，真的没有了？……瞧这个该死的婆娘！乍看上去，她简直就是圣徒，好像从来没沾过一点儿荤腥似的。"

不过，我们姑且让丘布无所事事之时去尽情发泄他的懊恼情绪吧！我们还得回过头来表一表铁匠，因为天色已晚，想必有八点多钟了吧。

瓦库拉一开始觉得心惊胆战，当时他从地面腾空而起，直冲云霄，俯视下界，一无所见，仿佛一只苍蝇紧挨着月亮下面迅疾飞过，要不是低一低头，帽子就刮擦上月亮了。然而为时不久，他即已振作起精神，开始拿魔鬼打趣了。每当他从脖子上取下柏木十字架，伸向魔鬼之时，魔鬼那喷嚏连连、咳嗽不止的丑态便逗得他乐不可支。他故意伸手去搔搔头皮。魔鬼以为他又要画十字，便飞得更快了。高空中四处亮亮堂堂。银白色的薄雾中，空气通体透明。一切全都清晰可见，甚至可以看到一个巫师坐在瓦盆里，风驰电掣般从他们近旁一掠而过；星星们聚集成堆，在玩捉迷藏的游戏；一大群精灵像云彩似的在一旁飘游；一个在月光下舞蹈的魔鬼看见铁匠骑马般疾驰而过，便脱帽致意；一把扫帚往回飞去，显然有个妖精刚刚骑着它到什么地方去过……他们还遇到许多妖魔鬼怪。它们看见铁匠后，全都驻足观望他一阵，然后重又向前驰骋，继续他们的行程。铁匠飞呀飞呀，眼前蓦地闪现出彼得堡的万家灯火（不知什么缘故，当时正值全城张灯结彩）。魔鬼飞越过城门口的拦路杆之后，就变成了一匹马，于是铁匠发现自己正骑着骏马穿街过巷。

我的上帝啊！叮叮当当、轰轰隆隆之声不绝于耳，到处灯火通明、光华四射。街道两旁四层的楼房如高墙耸立。马蹄嘚嘚，车轮辚辚，汇聚成一片轰鸣，从四面八方激起回响。屋宇鳞次栉比，仿佛每走一步就从地底下冒出来一批。桥梁震颤，马车飞驰，车夫和骑在前面马上的驭手高声吆喝。积雪在四面八方疾驶而来的千万辆雪橇下嘎吱作响。行人瑟缩着身子，在挂满一盏盏油灯的屋檐下挨挨挤挤。于是，他们那硕大的身影便在墙上闪动，头部直抵烟囱和屋顶。铁匠不胜惊讶地东张西望。他仿佛觉得，所有的房屋都用它们那数不清的火红的眼睛盯着他看。路遇的绅士太多，全都身着呢绒面料的毛皮大衣，他不知该向谁脱帽致意为好。"我的上帝，这儿有多少有钱的老爷啊！"铁匠心想，"我看，身穿毛皮大衣从街上走过的人，个个都得是阶层代表吧！而那些坐着有玻璃窗的豪华四轮轻便马车的人，若不是市长，就准是专员，兴许比专员的官还大呢。"他的思路被魔鬼的问话打断了："径直去见女皇吗？"

"不行，那太吓人了。"铁匠想，"秋天路过狄康卡的那几个扎波罗热人，说是去向女皇上奏折的，不知住在哪儿。还是先和他们商量商量再说吧。"

"喂，鬼东西，你钻到我的衣兜里，领我去见那些扎波罗热人吧！"

魔鬼转瞬间变得又瘦又小，毫不费力地就钻进了铁匠的衣服口袋。一刹那的工夫，瓦库拉已经来到一幢大楼前面，懵懵懂懂地就上了楼，推开门，眼前是一个陈设豪华的房间，金碧辉煌、璀璨夺目。他不由得倒退了几步。略微振作起精神之后，他才认出，房里正是那些路过狄康卡的扎波罗热人。他们将焦油擦过的靴子压在身子下面，盘腿坐在长沙发上，嘴里抽着一种通常称为"根儿"①的十分浓烈的旱烟。

"大家好啊，各位爷们儿！上帝保佑你们！咱们又在这儿见面了！"铁匠说罢，走上前去深深地鞠了一躬。

"这是什么人呀？"一个坐在铁匠正对面的人问另一个坐得稍远的人。

"你们不认得我了？"铁匠说，"我是铁匠瓦库拉呀！秋天你们路过狄康卡的时候，在我们那儿做过客，住了差不多两天，我还给你们的带篷旅行马车的前轮换了一个新铁箍呢！上帝保佑你们健康长寿！"

---

① 用烟草的茎、叶脉制成的劣质烟草，近似马合烟。

"噢！"还是那个扎波罗热人说道，"你就是那个画儿画得挺棒的铁匠呀！你好啊，老乡，上帝让你来干吗呢？"

"没什么，就是想随便看看。听人说……"

"那也好，老乡。"那个扎波罗热人拿腔拿调地说，想显示一下他也会讲俄语，"咋样，这个城市很大吧？"

铁匠也不甘示弱，不肯显得自己是个没见过世面的人，况且我们此前即已有幸得知，他本是个识文断字、能说会道之人。

"是个大名鼎鼎的都会！"他不动声色地回答道，"没什么可说的：高楼林立，到处挂着顶呱呱的画作。许多房屋上都写着金字招牌，琳琅满目。没什么可说的，真是美不胜收！"

扎波罗热人听到铁匠口齿伶俐，当即对他刮目相看。

"我们稍后再和你细谈吧，老乡，这会儿我们马上就要去见女皇了。"

"见女皇？各位爷们儿，请行行好，把我也带上吧！"

"把你带上？"一个扎波罗热人说，那副神情就像男管教①对他照管的想要骑上高头大马的四岁娃娃训话似的，"你去那儿干吗？不行，办不到。"这时，他露出一种煞有介事的表情，"老弟，我们可是要同女皇谈自己的正经事情。"

"带上我吧！"铁匠仍然坚持。这时，他拍了衣兜一把，悄声对魔鬼说："你求求他们！"

没等他说完，另一个扎波罗热人便开了口：

———————————————

① 旧俄贵族家庭中照管男孩子的仆人。

"真是的，咱们就把他带上吧，伙计们！"

"好吧，就带上他！"另外几个人附和着。

"那你就快换上跟我们一样的衣服吧！"

铁匠赶紧穿上了一件绿色的短上衣。这时，门突然被推开，进来一个身披金银绦带的人，说出发的时间到了。

铁匠登上一辆宽敞的四轮轿式马车，一路飞驰，身下的弹簧让人晃晃悠悠，两侧一座座四层楼房从身边急速后退，车马喧阗的马路仿佛自己在马蹄下飞奔——当此之时，他再一次感到不胜惊奇。

"我的上帝呀，多么亮堂！"铁匠暗自思忖，"我们那儿就是大白天也没有这么明亮啊！"

马车在皇宫门前停了下来。扎波罗热人下了车，走进富丽堂皇的门厅，举步登上灯火辉煌的楼梯。

"多么漂亮的楼梯啊！"铁匠喃喃自语，"实在舍不得拿脚去踩。瞧瞧这些装饰有多精美！都说童话是骗人的，哪能呢！我的上帝呀，这栏杆该多讲究，这手艺何等奇巧！单是铁就得值五十卢布啊！"

上楼之后，扎波罗热人经过第一个大厅。铁匠怯生生地跟着他们，每走一步都唯恐在镶木地板上滑倒。已经走过了三个大厅，铁匠依旧惊叹不已。进入第四个大厅之后，他情不自禁地走到一幅挂在墙上的画作面前，上面画的是圣母怀抱圣子。"多美的画啊！真是神来之笔！"他议论着，"瞧，圣母好像在说话呢！就跟活人一样！圣子也画得很好——攥着两只小手，乐呵呵的，多么招人怜爱！还有那色彩——我的上帝，多鲜艳啊！我想，土黄色在这儿毫无用处，全都是铜绿色和鲜红色。而那天蓝色，是多么耀眼！真是一幅杰作！底色想必上的是铅白。不过，无论这些彩画多么令人惊叹，这个铜把手，"他走到门边，摸了摸铜把手，继续说道，"都更加让人叫绝。瞧，多精致的做工啊！我想，这全都是重金聘请德国的铁匠加工制造的……"

要不是一个身着缀有金银饰线服装的仆人轻轻碰了碰他的胳膊，提醒他别落后于其他人，也许铁匠还会评论好久。扎波罗热人又走过两个大厅才停了下来，吩咐他们在此等候。大厅里，几位身着绣金制服的将军齐集。扎波罗热人向四面八方行鞠躬礼，然后聚在一起，肃立静候。

过了一会儿，一位身材高大、体格健壮的人，身穿哥萨克首领的制服，脚蹬黄皮长筒靴，在一群侍从的簇拥下走了过来。他头发蓬乱，一只眼有些歪斜，面露不可一世的倨傲神情，一举一动都显现出惯于发号施令的习性。所有那些穿着绣金制服高视阔步的将军，顿时手忙脚乱，纷纷深深地鞠躬，似乎在捕捉他的每一句话，甚至每一个细微的动作，以便争先恐后地迅即执行他的旨意。然而哥萨克首领根本不予理会，略略颔首，径自朝扎波罗热人走了过去。

扎波罗热人一个个鞠躬及地。

"你们都到齐了吗？"他拖长了声音问道，说话时略带鼻音。

"都齐了，老爷！"扎波罗热人齐声回答，再次施礼。

"我教你们如何说话，都没忘记吧？"

"没忘，老爷，我们不会忘的。"

"这是皇上吗？"铁匠问其中一个扎波罗热人。

"哪里是皇上呀！这正是波将金①。"那人回答说。

从另外一个房间里传来了说话声，一大群遍身绫罗、长裙曳地的贵妇和身着绣金大氅、脑后绾着发髻的近臣走进门来，铁匠一时目不暇接。他只见眼前一片金光闪耀，别无其他。扎波罗热人瞬间全都匍匐在地，齐声高呼：

"圣上恕罪！圣上恕罪！"

铁匠什么都看不清，却也跟着虔敬地匍匐在地。

"起来吧！"一个威严而又悦耳的声音在他们的头顶响起。几位近臣连忙过来轻轻碰了碰扎波罗热人。

"我们不起来，陛下！我们不能起来！宁愿去死，也不肯起来！"扎波罗热人高声说道。

波将金咬着嘴唇，终于亲自走上前去，用命令的口气对一个扎波罗热人耳语了几句。扎波罗热人们这才起身肃立。

这时候，铁匠也斗胆抬起头，看见自己面前站着一位身材不高、甚而有几分肥胖的妇人，略施粉黛，双目碧蓝，面带微笑，但那仪容透露着威严，足以令人臣服。这样的气势只有君临天下的女性才能具备。

"特级公爵许诺我，今天与我从未见过的子民晤面。"生着一双碧蓝眼睛的贵妇人说道，她好奇地打量着这些扎波罗热人，"这儿把你们招待得还好吗？"她走近他们，继续说道。

---

① 俄国陆军元帅，女皇叶卡捷琳娜二世的宠臣，获封特级公爵。

"感谢圣上的恩典,伙食开得很好!虽说这儿的羊肉和我们扎波罗热的不大一样——可是为啥不能将就着过呢?……"

波将金眼见得扎波罗热人全然不曾按照他所教的那样说话,不禁皱了皱眉头……

有个扎波罗热人鼓起勇气,趋前禀告:

"皇上恕罪!干吗要摧残你忠心耿耿的子民呢?我们哪一点惹得圣上动怒了?我们是支持异教徒鞑靼人了,还是和土耳其人串通一气,从行动或者思想上不忠于陛下了?为何得不到陛下的恩宠?先前听说陛下降旨到处修筑要塞防备我们,后来又听说圣上要把我们改编成短筒枪手,如今却听说还有新的灾难降临。扎波罗热部队有什么过错?莫非带领陛下的大军穿过佩列科普、帮助陛下的将军们斩杀克里木人倒成了过错?……"

波将金默不作声,只是用一柄小刷漫不经心地刷着戴满双手的钻石戒指。

"你们都有些什么要求呀?"叶卡捷琳娜关切地询问。

扎波罗热人有所暗示地相互递了递眼色。

"现在时机到了!女皇在问大家有什么要求呢!"铁匠自言自语,然后猛地扑通一声跪倒在地。

"女皇陛下,请不要下旨惩处我,请宽恕我吧!听了我对陛下所说的话,请别动怒:陛下脚上穿的鞋子是用什么材料制作的呀?我看,世界上任何国家的任何一个鞋匠都做不出这么漂亮的鞋。我的上帝啊,要是我的媳妇儿也能穿上这样的鞋该有多好啊!"

女皇笑逐颜开,近臣们也都眉开眼笑。波将金既皱眉头又随着众人露出笑意。扎波罗热人纷纷动手捣铁匠的胳膊，都怀疑他是不是疯了。

"你起来吧！"女皇亲切地说，"既然你热切希望得到这样的一双鞋，那并不难办到。立即给他拿一双最贵重的鞋来，要镶了金的！真的，我非常喜欢这样的心直口快！"女皇接着往下说，将目光投向站在离其他人稍远的地方的一位中年人①，此人生着一张略显苍白的圆脸，朴素的大氅上缀着大大的珍珠母纽扣，表明他并非朝廷重臣，"看见了吧，这才是值得您那妙趣横生的笔触描绘的对象呢！"

"女皇陛下，您过奖了。这至少需要具备拉·封丹②的才情啊！"穿珍珠母扣大氅的人躬身作答。

"实话告诉您，我至今为您的《旅长》所倾倒。您朗诵得太好啦！不过，"女皇回过头来又对扎波罗热人说道，"我听说，你们谢奇的人从来都不兴结婚。"

"什么话呀，陛下！您是知道的，大男人没个老婆可没法儿混日子。"正是那个与铁匠说过话的扎波罗热人作出的回答。令铁匠感到惊奇的是，此人本是识文断字、能说会道之人，却仿佛故意似的，在同女皇说话时偏偏用的是最粗俗的所谓乡巴佬土语。

"好一个滑头！"他心中暗自想道，"他这样做肯定不是无

① 此处暗指当时的著名作家、俄国社会喜剧的开创者冯维辛，其喜剧作品《旅长》、《纨绔少年》中主人公的名字一时家喻户晓。
② 十七世纪法国作家，以喜剧和寓言闻名于世。

缘无故的。"

"我们又不是隐修士，"那个扎波罗热人接着往下说，"都是一些有罪的人——跟所有老老实实的信基督的人一样，也好一口荤腥。我们那儿有不少人都娶了老婆，只是没跟他们一块儿住在谢奇。一些人的老婆住在波兰，一些人的老婆住在乌克兰，还有一些人的老婆住在土耳其。"

这时候，给铁匠的鞋子送上来了。

"我的上帝呀，简直是宝贝啊！"他一把抓住鞋子，高兴得欢呼了起来，"皇帝陛下！要是您穿上这样的鞋出去溜一溜冰，您那双小巧的脚该会有多么美丽啊！我想，至少会和纯白糖做成的一样。"

女皇确实生就一双玲珑秀美的纤纤玉脚，她从纯真朴直的铁匠口中听到这样一番奉承，不禁莞尔一笑。铁匠虽说脸色黝黑，但穿上这身扎波罗热人的服装，也堪称一表人才了。

铁匠受到此等眷顾，早已喜出望外，于是便想详细打问女皇的各种情况：沙皇们是否只吃蜂蜜和油脂，以及诸如此类的事情。然而，他感觉到，扎波罗热人在捣他的腰眼，便打定主意不再吭声了。待到女皇转而询问几位老者，在谢奇日子过得如何、都有些什么风俗习惯时，他就退了下去，躬身凑近衣兜轻声说："快带我离开这儿！"结果，他在不知不觉之中便立刻来到了城门之外。

"他淹死了！真的淹死了！要是没淹死，让我就地身亡好啦！"一个胖乎乎的女织布匠站在街心的一群狄康卡娘儿们中间絮絮叨叨地说。

"怎么，难道我是个爱撒谎的人吗？难道我偷了谁家的奶牛了？难道我害过别人，所以大家都不相信我？"一个身穿哥萨克短上衣、生着酒糟鼻的女人挥舞着双手说，"佩列佩尔奇哈老太太可是亲眼看见铁匠是上吊死的，如若不然，就让我喝不下水，干渴而死好啦！"

"铁匠上吊了？真想不到啊！"村长从丘布家出来，停下脚步，挤到议论纷纷的人们身边说道。

"还不如说让你喝不上酒呢，你这个老酒鬼！"女织布匠加以回应，"只有你这样的疯婆娘才会去上吊！他就是淹死的！跳进冰窟窿淹死的！这我一清二楚，就像知道你刚才进过小酒馆一样。"

"不要脸的东西！瞧，她倒数落起我来了！"酒糟鼻女人愤怒地反击，"你给我闭嘴，臭娘儿们！教堂执事见天晚上都去找你，你当我不知道？"

女织布匠顿时满面通红。

"什么执事？执事找谁了？你干吗要撒谎？"

"是说教堂执事吗？"执事的妻子身穿蓝色中国绸面料的兔皮袄，挤进争吵的人群，拖长声调说，"我要让你们知道，教堂执事可不是好惹的。谁说教堂执事来着？"

"这就是教堂执事的相好！"酒糟鼻女人指着女织布匠说。

"就是你呀，你这母狗！"教堂执事的妻子朝女织布匠步步紧逼，"原来是你这个妖精蒙骗他，给他灌迷魂汤，勾引他往你那儿跑呀！"

"别缠着我，你这个恶魔！"女织布匠边说边后退。

"你这个该死的妖精！让你断子绝孙，你这个臭婆娘！呸！……"说着，教堂执事的妻子径直朝女织布匠的眼睛啐了一口。

女织布匠也想同样回敬一番，可是却阴差阳错地啐到了村长那好久没刮过的胡子上。原来，村长为了听得清楚些，刚凑到争吵双方跟前。

"啊，你这个臭娘儿们！"村长怒喝一声，撩起衣襟擦擦脸，随即扬起了鞭子。这个动作吓得所有人都詈骂着四散而逃。"真是个下贱婆娘！"他重又骂了一句，仍然在不断地擦着脸，"这么说，铁匠是淹死了！我的上帝，那是一个多么出色的画师啊！他打造的刀子多么耐用，镰刀、犁铧多么好使！他的力气多么惊人！是呀，"他沉思着继续说道，"这样的人，咱们村里可是少有啊！难怪我还躲在那该死的麻袋里的时候，就觉得这可怜的小家伙心情不太好。铁匠怎么会这样呢？活得好好的，现在说没有就没有了！本来我还想让他给我的那匹花母马钉马掌呢……"

就这样，村长怀着满腔悲天悯人的忧思，静悄悄地踱回了自己的家中。

这样的消息传到奥克萨娜耳中，她顿时心慌意乱。她并不太相信佩列佩尔奇哈的目睹之说和农妇们的种种传言。她深知铁匠是个颇为虔诚信教的人，不会决意毁掉自己的灵魂。可是，如若他真的一走了之，打定主意永远不再返回村里，那又怎么办呢？在别的地方恐怕再也找不到铁匠这么好的小伙子了！他是多么爱她啊！他比所有的人都更有耐心容忍她耍孩子脾气！小美人儿在被窝里通宵辗转反侧，难以成眠。她时而全身赤裸，摊开四肢躺着——幸亏暗夜掩盖了一切，连她自己也无从得见那迷人的躯体——同时几乎出声地责骂自己；时而又平静下来，决心什么也不去想——然而依旧情思绵绵，无法断绝。结果她浑身激情似火，到了早晨已经对铁匠一往情深，难以自拔了。

丘布对于铁匠的遭际，既未显示出高兴，也未表现出悲伤。他一门心思所想的是"无论如何也忘不了索洛哈的背信弃义"，连睡梦中也在不停地叱骂她。

清晨来临，天色未明，整个教堂已人山人海。上了年纪的妇女头戴白色头巾，身穿白色斯维特袍①，在教堂门口虔诚地画着十字。贵族女人们则身穿绿色和黄色短大衣，有的甚至还穿着后面缀着金色丝绦的蓝色长袍，站在那些人前面。姑娘们头上缠绕着数不清的发带，脖子上挂满了项圈、十字架和古钱币颈饰，竭力挤向挂满圣像的那道墙壁。而站在众人前面的则是贵族男人和普通的庄稼汉，全都蓄着髭须，留着额发，脖颈粗壮，下巴刮得溜光，大多身穿带风帽的斗篷，下面露出白色或蓝色的短上衣。放眼望去，人人脸上都表露出节日的洋洋喜气。村长频频地舔着嘴唇，想象如何以香肠大快朵颐；姑娘们企盼着与小伙子们在冰上尽情嬉戏；老太婆们也比平日更加热

---

① 乌克兰人的男女敞怀长袍，用家织的天然色或红色（节日的颜色）呢子缝制。

诚地喃喃祷告。整个教堂都能听见哥萨克斯韦尔贝古兹连连扣头的响声。唯独奥克萨娜惘然若失地站在那里,似在祈祷,却又不像祈祷。她的心中百感交集,越想越懊丧,越想越悲伤,脸上流露出一片惶惑不安的神情,珠泪盈眶,颤然欲滴。姑娘们参不透其中的缘由,也意想不到皆因铁匠之故。不过,非止奥克萨娜一个人心系铁匠,所有的村民都感到节日似乎不像节日,似乎始终欠缺了点儿什么东西。糟糕的是,教堂执事经过麻袋里的一番波折之后,嗓子发哑,声音颤抖,只能勉强听清。诚然,那位外地来的歌手男低音唱得也很不错,但是如果铁匠还在的话,肯定会远为出色:往常每次刚一唱起《我们在天上的父》或者《天使颂歌》,他便会走上唱诗班歌手的席位,用波尔塔瓦流行的那种调式引吭高歌。再说,也只有他一个人能够履行教堂庶务的职责。晨祷已经结束,随后的日祷亦已结束……铁匠真的就这样不知所终了吗?

在这天夜晚更深人静之时,魔鬼驮着铁匠以更快的速度往回飞行。霎时间瓦库拉就到了自家门口。此时,雄鸡报晓。"你往哪儿跑?"他大喝一声,抓住企图溜掉的魔鬼的尾巴不放,"等一等,老兄,事情还没有完:我还没谢一谢你呢。"说着,他抓起一根树条,连抽了魔鬼三下子。倒霉的魔鬼撒腿就跑,仿佛庄稼汉刚刚被阶层代表狠揍了一顿似的。这样,人类的公敌本想欺骗、诱惑和愚弄他人,自己反倒被愚弄了一番。之后,瓦库拉走进门厅,倒头扎进干草堆中,一觉睡到了晌午时分。他醒来后发现已日上中天,不禁大吃一惊:"我睡过了头，把晨祷和日祷都耽误了！"这样一来，虔诚信教的铁匠变得垂头丧气起来，心想，这准是上帝为了惩罚他企图毁灭自己灵魂的恶念，有意让他沉睡不醒，以致在如此庄严的节日里竟然忘记了上教堂。不过，他决心下礼拜去神父那里就此事进行忏悔，从今天开始的整整一年内每天磕头五十次——这样想，他才让自己心安了一些。他瞧了瞧房里，空无一人。显然，索洛哈尚未回家。他小心翼翼地从怀中掏出那双鞋来，再次对这件宝物和昨晚的奇遇备感惊奇。他洗过脸，尽量让自己穿戴得漂亮一些：先穿上从扎波罗热人手中得到的那件外衣，再从箱子里取出列舍季洛夫卡产的蓝顶新皮帽（自从他去波尔塔瓦之时买回这顶帽子以来，还一次也不曾戴过），又找出那条崭新的五彩腰带。他将这些东西连同一条短皮鞭都包在一块头巾里，便动身径直朝丘布家走去。

丘布看见铁匠走进他的家门，蓦地瞪大了眼睛，不知道是什么令他不胜惊讶：是铁匠死而复生呢，还是铁匠居然胆敢来见他？抑或是铁匠打扮得如此漂亮，简直像个扎波罗热人？然而，更为令他惊愕不已的是：瓦库拉解开头巾，将一顶崭新的帽子和一条村子里前所未见的腰带摆在他面前，本人则跪倒在他脚下，用恳求的声音说道：

"饶恕我吧，老爹！请别生气！给你鞭子，你想抽多少鞭就抽多少鞭，任由你抽打。都是我的不是，你就打吧，只是再别生气了！当年你和我去世的老爹两个人是好朋友，像亲兄弟一般，还时常一块儿吃喝。"

丘布看到，正是这个铁匠，平日在村里对谁都满不在乎，一只手能像捏荞麦饼似的捏坏五戈比铜币和马蹄铁，眼下却匍匐在他脚下，不由得心中窃喜。为了自己今后不失尊严，丘布拿起鞭子，在铁匠背上抽了三下。

"嗯，行了，起来吧！以后要常听老人的话！让我们把彼此之间的种种不愉快都忘记了吧！好了，现在你说说，你要什么？"

"老爹，把奥克萨娜嫁给我吧！"

丘布略加思索，瞧了瞧帽子和腰带：帽子异常精美，腰带也毫不逊色。同时，他又想到背信弃义的索洛哈，于是毅然决然地说：

"好！你就打发媒人来吧！"

"啊！"奥克萨娜跨过门槛，看见铁匠，失声叫喊了起来，同时惊喜交加地凝望着他的眼睛。

"瞧瞧，我给你带来了什么样的鞋子！"瓦库拉说，"这正是女皇所穿的鞋。"

"不！不！我不要什么鞋子！"她连连摆手，仍然目不转睛地盯着他说，"就是没有这鞋，我也……"她尚未把话说完便羞红了脸。

铁匠走上前去，拉住她的一只手。小美人儿垂下了双眸。她从未像此刻这样妩媚动人。心花怒放的铁匠轻轻吻了吻她，她的脸更加绯红，人也显得更加娇艳了。

已故的主教曾经路过狄康卡，对这个村庄所处的地势赞不绝口，而且于行经街道之时在一座新农舍前停车驻足观看。

"这是谁家的房子，彩画画得如此漂亮？"主教询问一个站在大门口抱着婴儿的美艳少妇。

"是铁匠瓦库拉的！"少妇施礼回答。不消说，她就是奥克萨娜。

"真好！好手艺！"主教仔细观赏着门窗，说道。一扇扇窗户四周全都涂上了一圈红色颜料，门上到处画满了骑在马上、口叼烟斗的哥萨克。

不过，主教对瓦库拉更为赞赏的是，他听说瓦库拉信守忏悔时的诺言，无偿地为教堂左侧的唱诗班席位绘上了绿底红花的彩画。不仅如此，他还在一进教堂即可看到的侧壁上，画了地狱中一个奇丑无比的魔鬼，人们经过时都禁不住直啐唾沫。妇人们每当怀中的孩子哭闹之时，便将其抱至这幅画前说："瞧，画儿上的这个魔鬼多么可怕！"结果，那孩子立刻忍住眼泪，斜着眼睛瞟一瞟那幅画，紧紧地依偎在母亲的怀里。

涅瓦大街

　　至少在彼得堡，没有什么地方比涅瓦大街更好了。对这座城市而言，这条街就构成了一切。它无处不流光溢彩，简直堪称我们的首都之花！我知道，生活在该城的平民百姓和达官贵人，谁也不愿意用涅瓦大街交换金银财宝。不单是年方二十五、美髭华服的翩翩少年，就连须眉渐白、秃顶光如银盘的老者，都无不对涅瓦大街一往情深。还有女士们呢！啊，女士们对涅瓦大街的钟爱更是无以复加。而且，谁又不钟爱它呢？只要一踏上涅瓦大街，一种游乐的气氛便扑面而来。任随你有什么要务需要办理，一涉足这条街，你必定会将万事都忘却到九霄云外。这里是唯一的消闲处所，人们来此并非出于急需，也不是被侵蚀着彼得堡全城的商业利欲所驱使。在涅瓦大街上遇到的人，似乎不像海洋街、豌豆街、铸造街、平民街以及别的一些街道上的人那么热衷于私利。在那些地方，贪财、敛财、发财的欲念露骨地显现在款步而行和乘车疾驰的路人脸上。涅瓦大街乃是彼得堡公众交往联络的要地。家住彼得堡区或维堡区的人，如若已数年之久未曾拜望过居住在沙滩、莫斯科关卡等外区的友人，他尽可以相信，准能在这里与之不期而遇。任什么官名册①和问讯处，都无法像涅瓦大街一般提供准确无误的信息。涅瓦大街真是无所不能啊！它就是娱乐场所匮乏的彼得堡绝无仅有的消遣去处！一条条人行道被打扫得何等洁净！天哪，那上面留下了多少脚印！在退伍兵笨重而肮脏的皮靴下，花岗石路面似乎就要碎裂。年轻女士们脚踏小巧玲珑、轻盈如烟的皮鞋，宛如向日葵追踪太阳似的，频频将她们的小脑袋转向商店五光十色的橱窗。满怀憧憬的准尉的军刀，铿锵作响地在地面上留下清晰的划痕——阳刚的魅力和阴柔的魅力，全都在这条街上得到了宣泄。

短短的一天之内，在这里发生了多少瞬息万变的奇妙景象！一昼夜之间，在这里经历了多少人世的沧桑！我们且从大清早说起吧，其时整个彼得堡都散发着刚刚出炉的滚烫面包的香气，

---

① 1865 年至 1916 年帝俄的一种官方年鉴，登录国家中央机关和地方机关全部官员的姓名。

衣衫褴褛的老太婆们涌向教堂抑或向富有同情心的路人行乞。此时的涅瓦大街空空荡荡：身强体壮的店老板和店员还穿着荷兰内衣酣睡，或者正在用香皂清洗他们高贵的脸颊、啜饮咖啡；乞丐们聚集在糖果点心店门前引颈以待；那个昨天曾端着可可饮料像苍蝇般在店里来回飞奔的堂官，这时睡眼惺忪，手持扫帚，没打领带，慢吞吞地走了出来，将那些又干又硬的大面包和剩饭剩菜随手扔给他们。找活儿干的人沿街踯躅。时不时地有一些赶去上工的俄罗斯庄稼汉横穿过街道，脚上的长筒靴沾满石灰，即便是以清澈闻名的叶卡捷琳娜运河也无法将其冲洗干净。这时候，女士们出门是有失体面的，因为俄国老百姓喜欢用一些污言秽语直抒胸臆，其不雅的程度人们即便在戏园子里也前所未闻。有时会见到一个睡意未消的官员，腋下夹着公文包缓缓而行，因为去他的衙门须路过涅瓦大街。可以确定无疑地说，这段时间，亦即十二点之前，涅瓦大街对任何人而言都不是目的，而只不过是手段。渐渐挤满这条街的那些人，各有各的职业，各有各的操心之事，各有各的烦恼，但都绝不会将这条街放在心上。俄罗斯庄稼汉念叨的是一个十戈比的银币抑或七个面值半戈比的铜币。老大爷、老大娘们手舞足蹈地交谈，抑或一个人自言自语，时不时还会做出颇为惊人的手势，然而谁也不会去听他们说些什么，谁也不会笑话他们，除非遇到那些身穿粗布罩衫、手拿空酒瓶或者做好的靴子，闪电般地在涅瓦大街上飞奔而过的学徒们。在这个时段内，无论你身穿何种服装，即使不戴礼帽，而是在头上随便扣一顶便帽，即使衣衫高高地支棱在领带外面，也不会有人对此加以理睬。

时至十二点钟，不同国籍的家庭教师便会带领身穿平纹半透明亚麻布领子服装的学生拥上涅瓦大街。英国的琼斯们和法国的柯克们①与交由他们关爱和照管的孩子们挽手同行，庄重得体地向他们讲解：商店上方挂出招牌，是为了让大家知道这些店里都出售什么货品。这些家庭女教师——面色苍白的英国小姐和脸色红润的斯拉夫女郎，神态俨然地走在一群步态轻盈、活泼好动的小女孩儿后面，吩咐她们略微抬高某一个肩膀，身子也要挺直一些。简而言之，这个时段里的涅瓦大街就是一条充满教育意味的大街。不过越接近两点钟，家庭教师、教员和孩子的数量便越少：他们终于被满怀柔情蜜意的家长们取代了。男士手挽着穿金戴银、披红着绿、神经脆弱的女伴款款而行。渐渐地，忙完私人事务的各色人等也纷纷加入了他们的行列，比如：有的人刚刚与私人医生谈过天气和鼻子上冒出的一个小疖子；有的人刚刚咨询过关于马匹和天资聪颖过人的孩子的健康情况；有的人刚刚读了一则广告和报纸上的一篇有关要人行踪的报道；还有的人则是已经喝过了咖啡和茶。此外，加入进来的也有那些运气令人艳羡、捞到了经管特别事务美差的官员，以及在外交部门供职、工作和习惯都以高雅著称的人们。上帝呀，有多少美好的职务和部门啊！它们能让人心中感到何等的豪迈和欣慰！然而，唉！可惜我并未做官，也就无缘体察上司们对自己那温文尔雅的态度。

---

① "琼斯"和"柯克"分别为英国、法国最常见的姓氏，此处借以指代来自该国的家庭教师。

你在涅瓦大街上所经见的一切，全都充分合乎礼仪：男士们穿着长长的常礼服，两手插在口袋里；女士们则身穿粉红、雪白和浅蓝色缎子的紧腰外衣，头戴小巧的女帽。你在这里可以见到以令人惊叹的奇巧技法从领带下横穿而过的独一无二的络腮胡子，有天鹅绒般的、绸缎般的、黑似貂皮的和煤炭般的。然而可惜的是，只有外交部门的官员才能蓄有此等美髯，上天不肯让别的衙门中当差的人享有乌黑的络腮胡子。令他们极为扫兴的是，他们的胡子只能是红褐色的。你在这里还能见到笔墨难以形容和描绘的精美绝伦的小胡子，那是耗费半生美好时光蓄成的小胡子——也就是长年累月、日日夜夜照护的宝贝；那是喷洒了沁人心脾的香水和香精、涂抹了各种极为名贵和稀有的香脂的小胡子；那是用精致的仿皮纸卷好了过夜的小胡子；那是主人对之情有独钟、路人无比艳羡的小胡子。千百种帽子、服装、头巾，色彩绚烂，轻柔飘逸，让拥有它们的女主人整整两个昼夜爱不释手。在涅瓦大街上，任谁见了这些都会眼花缭乱，它们宛如成群的蝴蝶骤然从草丛中腾空而起，聚集成一片斑斓的彩云，在有雄性甲虫的上空上下翻飞。你在这里可以见到梦中也难以想象的腰身，其小巧、纤细绝对粗不过瓶颈。一旦相遇，你只能恭恭敬敬地退避一旁，唯恐一不小心胳膊肘会不礼貌地触碰到它。你心中定会感到胆怯和忌惮，千万别不经意间呼出一口气，毁掉这造化所创造的最美妙的艺术杰作。你在涅瓦大街上还会看见何等轻柔的女士衣袖！啊，真是美妙无比！它们好似两只气球，若不是男士挽住她的胳膊，那女士准会骤然间凌空飘走，因为让一位淑女升空，就像将斟满香槟的酒杯举到嘴边一样轻松愉快。两个人在任何地方邂逅，都不会像在涅瓦大街上那般文质彬彬、从容不迫地鞠躬致意。在这里，你见到的微笑是独一无二、超越艺术的，有时候它足以让你飘飘欲仙，有时候则会让你自惭形秽、俯首低眉，有时候又能让你感到自己比海军部大厦的尖顶更为高不可攀，从而趾高气扬。你在这里可以见到人们谈论音乐会或天气时，也保持着优雅无比的气度和庄重自持的神情。

　　你在这里可以见到成百上千不可思议的人和事。上帝啊！在涅瓦大街上能见到多么古怪的一些人物呀！有许多人与你迎面相遇，偏偏要瞧瞧你的靴子。待你走过去之后，他们还会回过头来瞅瞅你的后襟。我至今也不明白此举的目的何在。起初我以为他们是鞋匠，可是大谬不然：他们大部分人都在各个衙门供职，其中有许多人还能优雅得体地草拟官府之间的往来公文；要么就是一些休闲散步的人，到糖果点心店里读读报纸——总而言之，他们大多是一些上流社会的人士。

　　午后两点至三点这段美好的时光，堪称涅瓦大街活动的巅峰，人类的诸般杰作全都荟萃于此，集中展示。一个人炫耀的是上等海狸皮的时髦礼服；另一个人展示的是希腊式的又高又直的优雅鼻子；第三个人蓄着一脸的美髯；第四个人生就一双秋波流转的美目，头戴令人叹为观止的女帽；第五个人优雅的小指头上套着一颗刻有吉祥物的钻石戒指；第六个人的纤巧秀足上穿着一双引人注目的矮靿皮鞋；第七个人系着一条精美绝伦的领带；第八个人的小胡子令人叹为观止。可是，一到三点钟，展示会便会立即结束，人流渐渐稀少起来……

三点过后，又是一番新的景象。涅瓦大街上春天骤然降临：满街都是身穿绿色制服的官员。饥肠辘辘的九等文官、七等文官和其他一些文官尽量加快步伐。年轻的十四等文官、十二等文官和十等文官抓紧利用这段时间，还要在涅瓦大街上徜徉一番，那神情仿佛他们根本不曾为公务坐过六个钟头之久。然而，上了年纪的十等文官、九等文官和七等文官却埋着头急匆匆地赶路：他们顾不上仔细打量行人，依然没有完全放下所操心的事情；他们的头脑里仍旧乱糟糟的，塞满了已经着手却尚未办完的公事；好长时间，他们眼前闪现的并非商店的招牌，而是公文盒和办公室主任的那张胖脸。

从四点钟开始，涅瓦大街又变得空空荡荡，你未必能在这里见到一个官员。间或有个女裁缝从商店里出来，手捧一个盒子，跑着横穿过涅瓦大街；一个身穿起绒粗呢军大衣的可怜巴巴的女人，当年曾是心怀仁爱的股长的情人，如今已沦为乞丐；一个外地流落来的怪人，不分冬夏春秋都是那一身打扮；一个身材瘦高的英国女人，一手提包，一手拿书；一个俄罗斯勤杂工，穿着短仅及腰的半锦缎常礼服，蓄着窄窄一绺胡子，一辈子都胡乱凑合着过日子，他谦卑地走过人行道之时，脊背、胳膊、双腿和脑袋都在微微地颤抖。偶尔也会出现一个身材矮小的手艺人。除此之外，你在涅瓦大街上再也见不到任何人了。

然而，只要暮色刚刚笼罩房屋和街道；守夜人用粗席遮身，爬上梯子去点亮路灯；商店低矮的小窗里露出白天不敢示人的版画，涅瓦大街便重又恢复了生机，开始活跃起来。待到灯光为万物涂上一层奇妙而诱人的色彩，那个神秘的时刻终于来临了。你会见到许多年轻人，大多是单身汉，一个个身穿暖和的常礼服和制式大衣。这个时刻，你能感觉到有着某种目的，或者更确切地说，是某种类似于目的的极其难以捉摸的东西。人人都行色匆匆，步履凌乱。长长的身影在墙壁和马路上闪动，头部几乎直低到警察桥边。年轻的十四等文官、十二等文官和十等文官们长时间地四处游逛。而年长的十四等文官、九等文官和七等文官则大都待在家中——要么是由于这些人已经结婚成家，要么是因为他们家里的德国女厨子会为他们烧出美味佳肴。你在这里还会见到一些仪容令人肃然起敬的老头儿，他们两点钟时曾在涅瓦大街上道貌岸然、气宇轩昂地悠然漫步。但你也会看见他们像年轻的十四等文官一样匆匆奔跑，为的是从帽檐下偷窥一眼老远便瞅见的一位女士的芳容。她那涂满胭脂的肥厚嘴唇和脸颊让许多散步的人心旌摇荡，尤其让那些店伙计、勤杂工和经常身穿德国常礼服成群结队地手拉手散步的商人们心花怒放。

"等一等！"这时候，皮罗戈夫中尉拽了拽与他同行的身穿燕尾服和披风的年轻人，高声说道，"看见了吗？"

"看见了。美极了，简直就是佩鲁吉诺①笔下的比安卡。"

"你说的是哪个人呀？"

"就是她，那个黑头发的女子。多美的一双眼睛啊！上帝呀，好漂亮的眼睛！整个身段、线条、面部轮廓——完美极了！"

---

① 意大利文艺复兴时期的著名画家。

"我对你说的是金发女郎，就是跟着那个女人过街去了的那位。既然你一眼就看中了那个黑发女子，干吗不跟上去？"

"噢，那怎么行！"穿燕尾服的年轻人高声抗辩，登时涨红了脸，"你说这话，就好像她是晚间在涅瓦大街上拉客的那号女人似的。这准是一位名门闺秀。"他叹了一口气，接着说道，"单是她穿的那件披风，就得值八九十卢布呢！"

"笨蛋！"皮罗戈夫吼道，使劲儿将他朝女郎鲜艳的披风飘动的方向推了一把，"快去，笨蛋，别错过机会！我去追那个金发女郎。"

于是，两个朋友分道扬镳。

"我对你们这些人太了解啦，"皮罗戈夫暗自思忖，面带扬扬得意、骄矜自负的微笑，确信没有一个美女能抗御他的攻势。

穿燕尾服和披风的年轻人迈着胆怯而慌乱的步伐，向远处艳丽披风飘动的方向走去。那披风时而因接近路灯的光线而闪烁出耀眼的光亮，时而因远离路灯而瞬间被黑暗笼罩。他的心怦怦直跳，不由得加快了脚步。他不敢奢望获得飘然远去的那位美女的青睐，就更不要说心存皮罗戈夫中尉向他暗示的那种非分之想了。然而，他却急于发现这位绝代佳人的住所。她仿佛从天上径直降落在涅瓦大街上，想必还会飞到不知什么地方去。他快步如飞，频频将须眉皓然、望之俨然的一位位绅士从人行道上推开。

这个年轻人属于我们这里堪称怪物的一类人，若说他是彼得堡的市民，犹如说我们睡梦中见到的人也属于现实世界。在一个触目所及或则是官吏、或则是商人、或则是德国工匠的城市里，这个独特的阶层是极不寻常的。他是一位画家。这还不算奇怪的人物吗？一个彼得堡的画家！一个来自白雪皑皑区域的画家——一个来自芬兰人聚居之地的画家——那里时常都是那么潮湿、滑溜、平整、暗淡、单调、朦胧。这些画家一点儿也不像意大利画家那般高傲，不像意大利及其天空那般充满火一样的激情。与此相反，他们大多是善良而温顺的人，生性腼腆，漫不经心，默默地钟情于自己的艺术，与二三好友在自己的斗室内品品茶，谦和地谈论喜欢的话题，丝毫不关心各种闲事。他总是把一个乞讨的老太婆叫到家里来，硬要她枯坐整整六七个钟头，以便将她那可怜而冷漠的神情描摹到画布上去。他也画自己房间的景物，都是一些杂七杂八的艺术道具：因时间久远和积满灰尘而变作了咖啡色的石膏手足、断腿了的画架、打翻了的调色板、一幅友人弹吉他的画稿、颜料斑斑的墙壁和一扇敞开的窗户——透过窗口隐约可见白茫茫的涅瓦河和一些身穿红衬衫的贫苦渔夫。画家笔下的一切几乎总是呈现出灰暗、阴郁的色调——那是北国抹不去的印记。尽管如此，这些画家仍然怀着衷心的喜悦勤勉地进行着创作。他们往往富有真正的才华，一旦受到意大利艺坛新风的启迪，这种才华便会像从室内移植到清新空气中的花木一样，欣欣向荣、枝繁叶茂、花团锦簇。他们通常都很胆怯：一见到勋章和厚厚的带穗肩章，便会感到局促不安，不由自主地降低自己作品的售价。他们有时也喜欢略加打扮，但这种打扮在他们身上却显得十分刺眼，仿佛添了个补丁似的。你有时也会见到他们同时身穿精美的燕尾服和污渍斑斑的披风，或者在贵重的天鹅绒背心上罩一件沾满颜料的常礼服。这恰似你有时候会看见在他们未完成的画稿上画着一个倒立的仙女，那是因为一时找不到别的地方，便随手在一度兴致勃勃地落笔却又涂改得一塌糊涂的一幅旧作的背景上勾勒了这个草图。他从来不直视你的眼睛——即使看你，也会有几分迷茫和恍惚。他不会用监视者鹰一样的眼神或骑兵军官鹰隼一般的目光盯着你看。这是因为，他在同一时间内既要看清你的容貌，又要与立于他室内的一具赫拉克勒斯①石膏像的脸型进行对比，要么就是此刻他眼前浮现出了他自己正在构思的一幅画作。因而他常常答非所问，有时还语无伦次，加之他脑子里的各种事物常常混作一团，这就使他变得更加怯懦。

　　我们所描述的年轻人——画家皮斯卡列夫，正是属于这一类人。他腼腆、胆怯，内心却蕴藏着感情的火星，一旦具备适宜的时机，立即会迸发出熊熊烈焰。他怀着隐隐的激动心情，紧紧跟随着令他惊为天人的那个女子，并对自己的胆大妄为感到诧异。他的目光、思想和感情全都牢牢聚集在其身上的那位陌生女郎，突然回头瞟了他一眼。上帝啊，好一副花容月貌！白得耀眼、令人神迷的前额纷披着玛瑙般的秀发。美妙无比的一头鬈发如瀑似浪，其中一部分从帽檐之下悬垂，摩挲着那被傍晚的寒气点染出淡淡红晕的双颊。沉湎于一连串美妙无比的幻想，令她的樱唇紧闭。残留至今的童年记忆、朦胧的圣灯光影里所产生的憧憬和默默的感召——所有这一切似乎都凝聚、

① 希腊神话中的大力士。

融合和流露在她那匀称的双唇上。她瞥了皮斯卡列夫一眼，他的心便在这样的目光下战栗起来。而她的眼神却是严厉的——目睹如此厚颜无耻的跟踪，愤怒之情流露在她的脸上。不过，在如此妩媚动人的容颜上，即便是柳眉倒竖也足以令人销魂。他为羞愧和胆怯所迫，停住了脚步，低下了目光。可是，怎能与这位女神失之交臂，甚而对她降临的神庙也一无所知呢？这样的念头在年轻梦想家的头脑中闪现，于是他决定继续追踪。

　　不过为了不致被其发现，他拉开了一段距离，佯装四处张望，浏览各种招牌，同时却并未忽略陌生女郎的一举一动。往来的行人渐渐稀少，街道变得寂静起来。美人回首一望，他似乎看到她的双唇倏忽闪现出一丝笑意。他浑身战栗，不敢相信自己的眼睛。不，那准是路灯的光线使人产生了错觉，以为她脸上似乎露出了笑容。不，那准是他的幻想在对他进行嘲弄。然而，他的呼吸顿时急促起来，周身莫名其妙地开始震颤，激情的火焰熊熊燃烧，眼前的一切都罩上了一团迷蒙的雾气。人行道在他的脚下急速后退；疾驰的骏马拉着的马车仿佛纹丝未动；桥梁不断拉长，在拱门处发生断裂；楼房屋顶朝下倒立；岗亭迎面倒塌，哨兵的长戟连同招牌的金字和画着的剪刀仿佛在他的眼睫毛上闪闪发亮。引发这一切的正是美人的一次顾盼和回首。他视而不见，听而不闻，心无旁骛，一路飞奔着追踪那双纤纤玉足的所到之处，却又竭力想要放慢随着心脏的节奏飞速迈动的脚步。有时他也产生过疑问：她脸上的表情真的说明对他有好感吗？他这时候也就会止步不前，可是心仍在怦怦急跳。一股不可抗拒的力量和感情上的难以平静，驱使他继续向前。他甚至没有注意到，一幢四层的楼房已经矗立在他面前，四排窗户灯火通明，一齐注视着他。大门口的栏杆重重地撞了他一下。他看见陌生女郎飞跑上楼梯，回首将一根手指置于唇边，示意他跟上自己。他的双膝直打哆嗦，感觉和思绪一齐沸腾，一阵难以遏止的欣喜之情闪电般猛然袭上心头。不，这已经不是梦幻了！上帝啊，这一刹那蕴含了多少幸福！顷刻之间，生活已变得何等美妙！

不过，这一切该不是在做梦吧？对于那位陌生女郎，为了她令人销魂的一瞥，他宁愿献出自己的生命——能亲近她的住所便被他视为难以言表的幸福。难道她此刻已真的对他有情有意？他飞快地跑上楼梯，心中并无丝毫粗俗的意念。他并非受到世俗之人欲火的煎熬，不，他在那一刻是纯洁无邪的，一如童贞的少年，对于爱情还仅仅怀着一种朦胧的精神上的渴望。那种激发好色之徒非分之想的欲望，反而使他变得更加圣洁。这是温柔的美人所给予他的信赖。这种信赖使他暗暗立下骑士般虔诚的誓愿，决心驯顺地遵从她的一切旨意。他唯愿这些旨意尽量难以实现一些，好让他竭尽全力去克服千难万险。他毫不怀疑，一定是有什么秘密而重大的事情让这位陌生女郎必须寄予他以信赖，一定是需要他大力效劳，而他亦已感到自己具有完成一切使命的力量和决心。

楼梯盘旋而上，他那急速涌现的一个个幻想也回旋于脑际。"当心点儿脚下！"像竖琴般悦耳的一个嗓音响起，让他周身上下的血脉再次为之震颤。在四楼昏暗的高处，陌生女郎敲了敲门。门开了之后，他们俩一起走了进去。一个容貌相当俊美的女人手擎蜡烛迎着他们，但却十分怪异而放肆地瞧了瞧皮斯卡列夫。他不由得垂下了眼睑。他们走进房间，不同角落里三个女人的身影映入了他的眼帘。一个女人在摊纸牌；另一个坐在钢琴前，用两根指头弹奏着跑调的古典波洛涅兹舞曲①；第三个人则坐在镜子前面，用梳子梳理自己的长发，见到有陌生人进来也根本不打算停止收拾打扮。到处都是只有在单身汉那无人照料的房间里才能见到的杂乱无章的景象。相当精美的家具上布满了灰尘。蜘蛛在雕花的檐板上结了网。通过另一个房间未关严的门缝，可以看到一只闪闪发亮的带马刺的靴子和制服发红的边饰。男人的粗声大嗓和女人的哈哈浪笑肆无忌惮地响成一片。

天哪，他这是来到了什么地方！起初他还不肯相信，便开始仔细打量塞满房间的各种物品。但是，光秃秃的墙壁和没挂窗帘的窗户都表明，这里根本没有操心的主妇料理家务。这些可怜的女人形容憔悴，其中一个几乎和他面对面地坐了下来，肆无忌惮地细细打量着他，就像观察别人衣服上的污渍一般。所有这一切都让他确信，他误入了一个下流场所——虚假的教养和首都人满为患所催生的可鄙的淫窟。在这样的场所，人人亵渎、践踏和嘲弄一切足以让生活美好的神圣而高洁的东西。女人这一人间尤物、造化精华，变作了怪异而轻薄的生灵。女性的一切美德连同纯洁的心灵统统丧失殆尽，令人厌恶地学会了男人的粗野派头和厚颜无耻，业已不复是温柔、妩媚的迥异

---

① 波兰的一种隆重的交际舞曲。

于我辈男性的一种人了。

皮斯卡列夫用惊奇的目光从头到脚打量着她，似乎还希望确认，这是否就是在涅瓦大街上令他着迷并将他吸引到这里的女人。然而，她伫立在他面前，依旧是那么娇媚：秀发依旧是那么柔美，一对明眸仍然宛若天仙。她纯真无邪，年方十七。看得出来，她落入可怕的淫窟为时不久。他还不敢触及她的面颊，那脸蛋儿鲜嫩无比，泛出一抹淡淡的红晕——她确乎娇艳动人。

他一动不动地伫立在她面前，一心希望像此前一样天真无邪地沉溺于一片深情。可是，美人却对长时间的沉默感到了厌倦，便直视着他的眼睛，意味深长地嫣然一笑。不过，这微笑中饱含某种丑恶的厚颜无耻的意味。这样的笑显得十分怪异，与她的面容格格不入，正像虔敬上帝的表情之于受贿者、账簿之于诗人一样相互抵牾。他不禁打了个寒战。她启动樱桃小口，开始找了一些话说，但全都无聊透顶、庸俗不堪……似乎一个人的贞洁沦落了，连智力也荡然无存。他已经什么都不想听了。他极为可笑和单纯，像个孩子。他不但没有利用她对他的垂青，没有为天赐良机而感到庆幸（换了别人，早就大喜过望了），反而像一头野山羊似的撒腿狂奔到了街上。

他耷拉着脑袋，悬垂着双手，呆坐在自己的房间里，恰似一个穷光蛋拾到了一粒无价珠宝却马上又不慎将其失落进了茫茫大海。"这样的绝代佳人，这样的天姿国色——可是身居何处，落入了何种场所啊！"这就是他所能说的全部话语了。

的确，再也没有比目睹美被腐臭的淫荡气息戕害更令人惋惜的了。丑恶尽可以与淫荡沆瀣一气，但美——柔情万种的美……它在我们的观念中只能与纯洁无瑕浑然一体。可怜的皮斯卡列夫为之神魂颠倒的那位美女，确乎是娇艳如花、罕有其匹的绝代佳人。她堕入卑污龌龊的烟花场中，尤其显得异乎寻常。她的整个容貌是如此清纯，她面部的表情是如此优雅，令人无论如何也难以设想，淫窟竟然会向她伸出可怕的魔爪。她原本可以成为痴情丈夫的无价之宝、极乐世界、幸福天堂、全部财富；她原本可以成为寻常人家中美丽而娴静的明星，绣口一开，尽皆别人乐于遵行的旨意。她也可以成为稠人广众的大厅中的女神，在光洁可鉴的镶花地板之上、银烛高烧的辉耀之下，接受一群群拜倒在她足下的倾慕者无言的景仰。唉！可惜她却听任凶残的恶魔的摆布，而恶魔渴求着毁灭生命的和谐，便狞笑着将她投入了无底深渊。

他沉浸在痛彻肺腑的悲悯情绪之中，呆坐在燃烧殆尽的残烛之前。午夜早已过去，塔楼上的钟声敲响了十二点半，他依旧寂然不动地端坐在那里，毫无睡意，也无心干任何事情。睡意利用他一动不动的时机，渐渐将他虏获。对他而言，房间已经渐次消失，唯有蜡烛的亮光透过他依稀的梦境闪闪烁烁。这时，突如其来的阵阵敲门声令他为之惊悚，骤然清醒过来。门打开了，进来一名身着华丽的仆役制服的听差。他离群索居的这个房间，还从未有豪仆上门，而且是在如此非同寻常的时刻……他大惑不解，只是怀着急切的好奇心望着进门的听差。

"有一位太太，"听差毕恭毕敬地鞠躬行礼后说道，"就是您数小时之前曾经光顾过的那位，吩咐我来请您，并且已经打发马车接您来了。"

皮斯卡列夫惊讶得无言以对，愣愣地站在那里，心想："打发马车来，还有身穿华丽制服的听差！……不对，其中肯定存在着误会……"

"听我说，伙计，"他怯生生地说，"您准是弄错了地方。您家太太让您去请的无疑是别的什么人，而不是我。"

"不，先生，我并没有弄错。不是您送我家太太步行回家，回到打铁街四楼的房间吗？"

"是我。"

"对呀，那就请您快去吧。太太希望务必见到您，请您这就到他们家去。"

皮斯卡列夫跑下楼梯，发现院子里果真停着一辆四轮轿式马车。他坐上车，车门砰的一声关闭了。马路上的碎石在车轮和马蹄下咔嚓作响，一幢幢灯火通明的楼房的影像以及其上耀眼的招牌从车窗外急闪而过。一路上，皮斯卡列夫不断地琢磨，不知该如何解释这件意想不到之事。私宅、四轮轿式马车、身穿华丽仆役制服的听差——他无论如何也无法将这一切与四楼上的那个房间、满是灰尘的窗户以及单调失准的钢琴调和起来。

马车在灯火辉煌的大门前停下，他一下子便惊呆了：长长的一排轻便马车，车夫们人声嘈杂；一个个窗口灯火通明；音乐声婉转悠扬。身穿华丽仆役制服的听差扶他下了马车，恭恭敬敬地引领他进入了前厅。那里大理石的圆柱高耸，看门人身着绣金制服，到处都放着披风、大衣，灯光灿烂耀眼。悬空的楼梯巍然直上，栏杆光可鉴人，香水馥郁芬芳。

　　他拾级而上，进入第一个大厅，一见那人头攒动的可怕场面，便吃惊地连忙后退。满眼形形色色的生人让他完全张皇失措，仿佛觉得，有个恶魔将整个世界撕成了碎片，然后又将这些碎片毫无道理、杂乱无章地混杂在一起。光洁的女人肩膀和黑色的燕尾服、枝形烛台、各式灯具、轻盈飘逸的罗纱、翩然飞舞的缎带，以及高耸于阵荣豪华的乐队栏杆外面的低音提琴——所有这一切都让他眼花缭乱。他骤然目睹了如此之多的燕尾服上缀满勋章的令人肃然起敬的老者和壮年人，见识了如此之多轻盈而高傲地在镶木地板上迈步抑或一排排坐着的仕女。他耳闻了如此之多的法国话和英国话，加之身着黑色燕尾服的青年人全都如此气度高雅，开口和沉默时全都如此庄重，绝不会多言多语，说话时也那么矜持，微笑时也那么谦和……他们所蓄的络腮胡十分精美，伸手整理领带时的动作极为优雅。女士们婀娜多姿，沉浸在心满意足和自我陶醉的心境之中，低眉垂目的神态如此迷人，简直……然而，单是皮斯卡列夫怯生生地独倚圆柱时面露的谦卑神色，已足以表明，他完全茫然失措了。此刻，一大群人正在围观一小队舞者。她们头缠巴黎织造的透明纱巾，身穿薄如蝉翼的衣衫，飞速地回旋往复。她们那炫目的纤足随心所欲地滑过镶木地板，较之全然脚不着地更加显得飘逸。而其中的一位堪称美冠群芳，娇媚无比，衣着也最为艳丽。她的整个打扮就是各种时尚无比巧妙的结合，但又显得绝非刻意为之，而是浑然一体、天衣无缝。她对周围的观众似看非看，长长的美眉不动声色地低垂着。每当她俯首之际，淡淡的灯影便会遮掩住她那迷人的前额，使她那白皙耀眼的面庞更加引人注目。

皮斯卡列夫竭尽全力推开众人，想仔细看一看她。但不胜遗憾的是，一个满头乌黑鬈发的大脑袋一直遮挡着他。况且，他被挤压得很厉害，进退两难，生怕一不小心冲撞了三等文官之类的官员。不过，他总算挤到了前面，看了看身上的衣服，想整理得合乎礼仪一些。天哪，这是怎么回事？他竟然穿的是一件颜料污渍斑斑的常礼服——临行仓促，连换上一件体面的衣服的事也忘得一干二净了。他面红耳赤，低垂着头，恨不得找个地缝钻进去，但却断然无处藏身：衣着华美的少年侍从们像一堵墙似的挡在他的身后。他已经想要尽可能远地离开那位生着迷人的额头和眉毛的美人了。他心惊胆战地抬起头来，想瞧瞧她是否看见了他。天哪！她就站在他面前……然而，这是怎么回事？这是怎么回事呀？"就是她！"他几乎大声喊了起来。的的确确，这正是她，正是他在涅瓦大街上遇见并尾随其回到住所的那位女郎。

这时候，她将睫毛一扬，用她那炯炯的目光望了望所有的人。"哎呀呀，多漂亮啊！……"他激动得喘不过气来，就只能说出这么一句话。她又举目环顾了一圈儿，人们便争先恐后地渴求得到她的垂青。然而，她却面露倦怠和漠然的神色，很快移开了目光，正好与皮斯卡列夫的视线相遇。啊！真是喜从天降！何等的幸运！上帝呀，请赐予他力量以承受这意外的惊喜吧！他快要活不下去了，他快要毁掉和丢失自己的灵魂了！她给了他一个暗示，但并非打手势，也不是点头示意——不，是她那双摄人心魄的眼睛以微妙的难以察觉的表情表达了这一暗示。别人谁也看不出来，可是他看出来了，领会了其中的用意。

那个舞蹈持续了好久，显得疲惫的乐曲声似乎行将彻底沉寂，声音越来越低了，却重又激昂起来，时而尖厉，时而轰鸣，最后终于结束了！她坐了下来，胸脯在薄如轻烟的罗衣下不住地起伏。她的一只手（上帝啊，那是何等纤巧的玉手！）垂放在膝盖上，捏着身下轻飘飘的衣衫。那衣衫仿佛也在随着音乐律动，其淡雅的雪青色更加衬托出这只秀手的晶莹洁白。只要挨一挨这只手——任什么都不复需要了！别无他求！——那全都是非分之想……他伫立在她的椅背后方，既不敢斗胆言语，也不敢大声喘气。

"你是不是很寂寞?"她说，"我也感到寂寞。我看得出来，您在恨我……"她补上了一句，垂下了长长的睫毛。

"恨您? 您在说我吗? 我……"全然不知所措的皮斯卡列夫本想说下去，并且准定会说出一大堆语无伦次的话来，但这时候一个谈吐犀利而风趣、头上留着一束好看的卷曲额发的侍从官走了过来。他得意地露出一排相当美观的牙齿，每一句尖刻的话都像钉子一样扎在皮斯卡列夫的心上。所幸，旁边终于有一个人来向侍从官打问什么事情了。

"真讨厌!"她抬起天仙般的美目看着他说，"我要坐到大厅的那一边去。您也过来吧!"

她灵巧地挤过人群，消失不见了。他发疯似的推开成堆的人，也来到了那里。

不错，那正是她。她正襟危坐，俨如女皇，比所有的人都端庄，比任何人都更为优雅，正在用目光搜寻他。

"您来啦，"她轻声说道，"我就对您直说了吧：您一定觉得我们会面的那个环境非常奇怪。也许您会认为，我可能就属于您见到的那一类卑鄙的人吧？您会感到我的行为很古怪，不过我要告诉您一个秘密。您能不能做到，"她目不转睛地凝视着他，"永远也不泄露出去？"

"啊，一定，一定，我肯定不会泄露的！……"

然而，正在这个时候，一个上了年纪的人走了过来，用皮斯卡列夫不懂的某种语言对她说了句话，就把一只胳膊伸给了她。她用恳求的目光望了望皮斯卡列夫，暗示他留在原地等她回来。但他突然觉得急不可耐，哪怕是她的亲口嘱咐也都听不进去了。他起身尾随着她，可是人群把他们分隔开了。他已经看不见那件雪青色的罗衫了。他心急如焚地跑遍一个个房间，毫不留情地推开所有迎面遇到的人，可是那些房间里全都是一些坐着打惠斯特牌的各界名流，一片死寂。在一个房间的角落里，几个上了年纪的人在争论军职优于文职的问题；另一个角落里，身穿精美燕尾服的一些人在对一位勤奋的诗人那部卷帙浩繁的作品妄加评论。皮斯卡列夫觉察到一位相貌堂堂的年长之人揪住了他燕尾服的一颗扣子，硬要他对其自以为十分公允的见解发表看法，但他粗鲁地推开了他，甚至没有注意到此人脖子上挂着一枚意义非同小可的勋章。他奔向另一个房间——她不在那里。再到第三个房间——同样不见踪影。"她在哪儿呢？你们快把她还给我！啊，见不到她，我活不下去呀！我太想听听她想要说的话了。"然而，任他如何寻找，纯属徒劳。他心急火燎，疲惫不堪地倚傍在一个角落里，观望着人群。但是，他的眼睛已不听使唤，看什么都模糊不清。最后，他眼前分明显现出了他房间里的墙壁。他一抬眼，看到面前放着一个烛台，低凹处的烛火即将熄灭。蜡烛已经完全融化，蜡油在桌子上流成了一摊。

原来他是睡着了！天哪，多美的一个梦啊！为什么要醒来呢？为什么就不能再等上一分钟？那样她一定还会出现的！令人懊丧的黎明发出不愉快的暗淡的曙光，照进他的窗户。房间里杂乱无章，阴沉而晦暗……啊，现实多么丑恶！它为什么要和愿望格格不入呢？他急匆匆地脱掉衣服，躺到床上，裹紧被子，希望迅即寻回那逝去的梦境。的确，睡梦立马重又向他袭来，但让他所见的根本不是他希望看到的景象：时而是叼着烟斗的皮罗戈夫中尉，时而是美术学院的看门人，时而是一个四等文官，时而又是他曾为之画过肖像的那个芬兰女人的脑袋，以及诸如此类的乱七八糟的东西。

他在床上一直躺到中午，希望重温美梦。然而，她并未出现。哪怕她再显露片刻花容月貌呢，哪怕她那轻盈的步履声再响起片刻呢，哪怕她那光洁如雪的赤裸的玉臂再向他闪现一刹那也好。

他摒弃一切杂念，忘却一切往事，面带悲伤欲绝的表情呆坐在那里，整个身心全都沉湎于那场梦境之中。他无心做任何事情，两眼漠然而呆滞地望着朝向院子的那扇窗户。院子里，一个衣着邋遢的送水工正在倒水——那水边倒边上冻。一个货郎扯着山羊般的嗓门儿吆喝："收旧衣服喽！"这种日常现实中的声音，他听了反而觉得怪异。他就这样一直坐到傍晚，才重又急切地倒头睡觉。他无法成眠，久久地辗转反侧，最后总算入睡了。又做了一个梦，一个下流而丑恶的梦。"上帝啊，怜悯怜悯我吧！哪怕让我见她一分钟，一分钟也好啊！"他再次等到夜晚来临，再次入睡，再次梦到一个官员，此人既是官员又是大管演奏师。啊，真令人难以忍受！她终于出现了！又看见了她的小脑袋和鬈发……她正在张望呢……啊，多么短暂！重新又是一片迷雾，又是一场无聊的梦幻。

终于，做梦变成了他的生活。从此以后，他的整个生活发生了奇怪的转变：可以说，他的现实生活就是睡觉，倒是在睡梦中生气勃勃。如若有人看见他不声不响地呆坐在空无一物的桌子旁边或者在街上行走，准会将他当作梦游症患者抑或深受烈性酒戕害之人。他的目光虚无缥缈，与生俱来的漫不经心的毛病恶性发展，彻底清除了他面部的一切感情流露和一切表情变化。只有到了夜间，他才重又恢复了生机。

这种状况虚耗了他的体力，对他而言，最为可怕的痛苦则是做梦也渐渐与他彻底无缘。为了挽回他的这宗绝无仅有的财富，他千方百计地争取旧梦重温。他听说，有一种办法可以令人进入梦乡——只需服用鸦片便能达此目的。但是到哪儿去搞鸦片呢？他想起了一个开披巾店的波斯人，此人几乎每次遇见他都央求他画一幅美人画。他估计这个人必定有鸦片，便决意去找他。波斯人盘腿坐在沙发上，接待了他。

"你要鸦片干什么？"波斯人问他。

皮斯卡列夫向他讲述了自己失眠的情形。

"好吧，我可以给你一些鸦片，但你得给我画一幅美人，而且要一个绝色的美人——乌黑的眉毛，油橄榄般大的眼睛。而我则躺在她旁边，抽着烟斗！听清楚了吗？要画得漂漂亮亮的！一个真正的美人儿！"

皮斯卡列夫全都应承了下来。波斯人出去了片刻，回来时拿着一个装满黑乎乎的液体的小罐子，小心翼翼地将一部分液体倒入另一个小罐子里，交给皮斯卡列夫，嘱咐他兑上水喝，一次不能超过七滴。他贪婪地一把抓住这只千金不换的宝贝罐子，飞也似的跑回家去。

到家之后，他当即将几滴液体倒入一个有水的杯子里，一口气喝下，倒头便睡。

天哪，多么令人喜出望外！是她！又见到她了！不过，她已经是另外一副模样。啊，她坐在乡村小屋明亮的窗前，神态是多么优美呀！她的打扮是那么质朴无华，堪称诗人情愫的体现。她头上的发式……天哪，那发式何等雅致，与她本人何等匹配！短短的三角头巾轻披在她那匀称的脖颈上。整个人纯朴端庄，身上的一切都透露出一种神秘莫测的韵味。她那优雅的步态多么赏心悦目！她那铿锵的脚步声和素雅衣裙的窸窣声多么悦耳动听！她那紧箍着有兽毛装饰的镯子的玉手多么小巧玲珑！她含着眼泪对他说："请不要看不起我：我绝不是您以为的那种女人。您看看我吧，仔细地看一看我！您说，难道我会去做您想象的那种事情吗？"——"啊，不，不！谁要是敢那样想，就让他……"但他却猛然醒了过来，心潮澎湃，肝肠寸断，热泪盈眶。"倒不如根本就不曾有过你这个人，也不曾在人世间生活过，而仅仅是一位富于灵感的画家笔下的产物！那样我就可以寸步不离画布，永远凝望着你，反复地亲吻你。我就会为你而生存，因你而呼吸，将你当作我最美好的梦想。到那时候，我就会备感幸福，不再有任何奢求。我成天到晚都会像呼唤守护天使一样呼唤你。每当我需要描绘极其美好和神圣的事物之时，我便会等待你的出现。然而眼下却是……一种多么可怕的生活啊！她活着又有何益？难道一个丧失理智的人的生活，会让一度爱过他的亲友们感到欣慰吗？天哪，我们过的是什么日子呀！梦想与现实总是格格不入！"不断地萦绕于他脑际的几乎都是这一类思绪。他无所用心，甚而几乎不吃不喝，只是恋人般焦急、热切地期盼着夜晚和渴求梦境的降临。执着地将心思专注于一件事情，支配了他的全部生活和想象力，结果他心仪的那个形象几乎每天都呈现在他眼前，但那情景总是与现实截然相反，因为他的心思与孩子一样纯洁无瑕。梦幻中的心上人总是变得更加圣洁，已然面目全非。

频频服用鸦片让他的心神更为亢奋。如果说有人曾堕入情网，爱到极度疯狂，爱得一往情深、痛不欲生、死去活来、无法安生，那么这个不幸的人就是他了。

所有的美梦之中，有一个最令他喜不自胜：他梦见了自己的画室。他正乐滋滋、兴冲冲地手托调色板坐在那里作画呢！她也在场。她已经成了他的爱妻。她就坐在他的身边，把优雅迷人的胳膊肘支撑在他的椅背上，注视着他作画。她那温情脉脉、娇慵倦怠的双目中洋溢着无限满足的神情。整个房间里散发着天堂般的安乐气息、轩敞明亮、井然不紊。上帝呀！她将自己那可爱之极的小脑袋依偎在他胸前……他还从未做过比这更为甜美的梦。他梦醒起床之后，似乎神清气爽，不似以往那般心烦意乱。他的脑子里萌生了一些奇怪的想法。"也许，"他思忖着，"她是遭遇了厄运，身不由己地堕入了风尘；也许，她业已心生悔意；也许，她自己也渴望跳出火坑。难道能目睹她的毁灭而无动于衷吗？何况只需拉她一把，即可让她免于灭顶之灾。"他继续冥思遐想。"谁也不认识我，"他自言自语道，"而且别人与我的事毫不相干，我也与他们的事无涉。只要她真心悔过、重新做人，我就会娶她。我一定要娶她，这总比许多人娶自己的女管家甚至娶那些最下贱的荡妇要强得多。我的这一行为出于无私，甚而堪称壮举。我这是将一位人间尤物归还给世界。"

制订出如此轻举妄动的计划，他感觉自己连脸都发红了。可他到镜子跟前一看，却见两颊凹陷、面容苍白，不禁大吃一惊。于是他动手精心打扮：洗净了脸，将平了头发，穿上簇新的燕尾服和漂亮的背心，披上斗篷，这才出门而去。他吸了一口清新的空气，顿感神清气爽，仿佛一个久病初愈的人第一次外出似的。当他走近那条街道之时，他的心怦怦直跳。自从那次痛苦的邂逅之后，他一直未到这里来过。

他久久地寻找那幢楼房。他似乎是记错了，在这条街上来回走了两趟，就是不知道该在哪座房前驻足。终于有一幢楼的样子有点儿像。他快步跑上楼梯，敲了敲门。门开了，出来迎接他的究竟是谁呢？原来正是他的意中人、神秘的偶像、理想画作的原型——他那么如饥似渴、备受煎熬、甜蜜温馨地日思夜想的人儿。她就站在他面前。他不禁为之战栗，一阵狂喜，浑身无力，几乎无法站立。她面对着他站在那里，如此楚楚动人，虽然两眼睡意蒙眬，面色苍白，已经不那么艳丽，但依然仪态万方。

"啊！"她一见是皮斯卡列夫，顿时惊叫起来，揉了揉眼睛（其时已是下午两点了），"您那天干吗要溜走呀？"

他虚弱无力地坐在椅子上，一直凝望着她。

"这会儿我刚刚睡醒。人家早上七点钟才把我送回来——我醉得太厉害了。"她微笑着补充了一句。

唉，你还不如是个哑巴，根本不会说话倒好，何苦尽说些这样的话呀！她像打开一幅全景画似的，骤然向他揭示了她生活的整个底细。不过，尽管如此，他还是控制住自己，决定尝试一番，看看他的规劝能否对她发挥作用。他鼓起勇气，用颤抖却热切的声音开始向她说明她处境的可怕之处。她貌似专注地听着他讲，却又表露出惊愕的神情——那是我们遇到出乎意料的怪事之时才会有的一种表情。她淡淡地一笑，回头瞟了一眼坐在角落里的女伴。于是，女伴不再清理她的梳子，也仔细听取新来的说教者都说些什么。

"的确，我很穷，"皮斯卡列夫讲了一大通谆谆教诲的规劝性质的好话之后，终于说道，"但是我们会辛勤劳动的。我们会一个比一个努力，争取改善我们的生活。没有什么比自食其力更让人快乐的事了。我会坐下来作画，你就坐在我身旁，一边鼓励我，一边做点儿刺绣或者别的什么手工活儿，这样我们也就衣食无忧了。"

"那怎么行！"她一脸鄙夷不屑地打断了他的话，"我又不是洗衣妇、女裁缝，为啥要干活儿呀？"

天哪！这番话充分表明了她所过的是一种低贱可鄙的生活——那是充满空虚与无聊、终日淫荡无度的生活啊！

"您就娶了我吧！"这时，那个一直坐在角落里默不作声的女伴厚颜无耻地跟着说道，"我要是做了您的老婆，准会那样陪着您坐的！"

说罢，她还在那张难看的脸上扮出一副蠢相，惹得美人哈哈大笑。

啊，这未免太放肆了，简直令人无法忍受！他昏头昏脑、恍恍惚惚地一气之下冲出门去。他已经神志不清了：糊里糊涂、漫无目的、视而不见、听而不闻、无知无觉，在外面踯躅了整整一天。谁也不知道他在什么地方过夜了没有。直到第二天，他才凭着迟钝的本能回到了自己的住所，面色苍白、神情可怖、头发蓬乱，一副精神错乱的模样。他将自己锁在房间里，谁也不许进来，什么东西也不要。四天过去了，紧闭的房门一次也不曾打开。又过了一个星期，房门依然紧锁。人们拥到门口，开始呼唤他，但听不到任何回应。最后，他们只好破门而入，却发现一具气息全无的尸体，喉管已经割断。沾满血污的一把刮脸刀胡乱地扔在地上。根据痉挛地张开的双手和可怕地扭曲了的面容可以断定，他的手没有找准地方。他经受了长时间的痛苦，那有罪的灵魂才离开了他的肉体。

可怜的皮斯卡列夫就这样死去了，成了狂热的激情的牺牲品。他本来是一个文静、胆怯、谦恭而又孩子般天真的人，蕴蓄着天才的火星，假以时日，可能会迸发出耀眼的熊熊烈焰。谁也没有为他哭泣。在他那早已了无生气的遗体旁边，除去人们司空见惯的一名巡警的身影和一位法医冷漠的面孔之外，别无他人。连宗教仪式也不曾举行，他的棺木便被冷冷清清地运往了奥赫塔。只有一个哨兵尾随其后哭泣，但那也是由于他多喝了一瓶伏特加酒的缘故。就连生前对他体恤备至的皮罗戈夫中尉都不曾来看一眼这不幸的可怜之人的遗容。不过，中尉也根本无暇顾及这一点：他正忙于一桩头等大事呢。且让我们这就来说说他吧。

我不喜欢尸体和死人。遇到长长的出殡行列穿过我行经的道路，一个打扮成卡普秦修会①的修士模样的伤残士兵用左手闻鼻烟（因为右手要擎火炬），我总是感到别扭。目睹豪华的灵车和覆盖着天鹅绒的棺材，我心中备感惋惜。然而，当我看见运货马车拉着穷苦人那什么也没有覆盖的红色棺材，只有一个女乞丐在十字路口偶遇后出于无所事事而蹒跚着尾随其后时，我那惋惜之情便平添了几多哀伤。

我们似乎已经讲过，皮罗戈夫中尉与不幸的皮斯卡列夫分了手，急匆匆地追逐一个金发女郎去了。这金发女郎是一位体态轻盈活泼、相貌颇为动人的姑娘。她在每一家商店前都会驻足，出神地观赏橱窗中陈列的宽腰带、三角围巾、耳环、手套以及其他各种小饰物，不停地转动身子，左顾右盼，回头张望。"宝贝儿，你就是我的了！"皮罗戈夫满怀信心地说了一

---

① 天主教方济各会的一支，会服上有尖顶风帽。

句，继续紧追不舍，同时用大衣的领子遮掩住脸，唯恐碰见某个熟人。不过，不妨先向读者交代一番，皮罗戈夫中尉究竟是什么样的人。

可是，在谈到皮罗戈夫中尉乃何许人之前，还应该谈一谈皮罗戈夫所属的那个阶层。有那么一些军官，他们在彼得堡构成了社会的中等阶层。在经过四十年的苦心经营才攀上这个官阶的五等或四等文官的晚会和宴会上，你总能遇见其中的某个人。几个面色苍白、与彼得堡一样平淡乏味的女子，其中有的人韶华已逝。茶几、钢琴、家庭舞会——所有这一切，都与一个佩戴着在灯光下熠熠生辉的肩章的人密不可分，他总是置身于一位品貌端庄的金发女郎及其身着燕尾服的兄弟或亲友中间。要想打动这些沉着冷静的姑娘并使其发笑，是一件极为困难的事。为此需要娴熟的手法，更准确地说，根本不必施展任何手法。所谈话题既不能过于高深，也不可太过荒唐，只需讲一些女人们热衷的家长里短即可。在这方面，就需要为先前已提到的诸位先生说句公道话了。他们都具备特殊的才能，让这些已经花容失色的美人爱听他们的话而且笑个不停。"哎呀，别说了！您羞不羞啊，快把人笑死了！"一片哈哈大笑中的这种赞叹声常常就是对他们的最大奖赏。他们难得跻身于上层阶级，更准确地说，从来无缘高攀。他们已被这个社会中所谓的贵族从他们中间彻底排挤了出来。不过，他们终归被视为有学问、有教养的人士。他们喜欢谈论文学，总是对布尔加林①、

---

① 十九世纪俄国作家、新闻工作者。

普希金和格列奇①赞赏有加，而在提到阿·阿·奥尔洛夫②时，却带着轻蔑和讽刺挖苦的口吻。他们从不肯放过任何一次公开讲演的机会，哪怕讲的是簿记甚或是林木栽培也罢。剧院里无论上演什么剧目，你总会见到他们中的某个人，除非演的是《傻瓜菲拉特卡》③ 之类严重败坏他们那挑剔的口味的闹剧。他们是剧院的常客，是一群对剧院老板而言最为有利可图的人。他们尤其喜欢剧作中的一些精彩的诗句，同时也喜欢高声大嗓地呼喊演员的名字，为其喝彩。他们之中的许多人都在官办学校里执教或者辅导学生报考官办学校，最终攒足钱购置了双轮轻便马车和一对马匹。在这种情况下，他们交往的范围变得越来越广阔，终于能娶到会弹钢琴的商人的女儿为妻，还有十万卢布左右的现款作为陪嫁，以及一大帮留着胡子的亲戚。不过，他们此前至少也须取得上校军衔才能获此殊荣，因为俄罗斯留小胡子的那些人，尽管他们身上还散发着白菜味儿，但却无论如何也得让自己的女儿嫁给将军，至少嫁个上校。这种类型的年轻人的主要特征就是如此。

但是，皮罗戈夫中尉具备许多他个人独有的才干。他能将《季米特里·顿斯科伊》④ 和《聪明误》⑤ 中的诗句朗诵得声情并茂，而且有一种特殊的本领，可以在吸烟斗时一气吐出十

---

① 十九世纪俄国通俗小说作家。
② 当时俄国的庸俗小说作家。
③ 指俄国作家格里戈里耶夫的喜剧《菲拉特卡与米罗什卡》。
④ 十八世纪俄国作家弗·亚·奥泽罗夫所写的一部悲剧。
⑤ 十九世纪俄国著名作家亚·谢·格里鲍耶陀夫所写的著名喜剧。

来个环环相扣的烟圈。他还善于妙趣横生地讲那个笑话：说山炮是一回事，而独角兽炮又是另一回事。不过，要一一列举皮罗戈夫所具备的天赋才能是颇为困难的。他喜欢对女戏子和舞女品头论足，但又不像年轻准尉平日议论她们时那般尖酸刻薄。他对不久之前刚刚晋升的军阶十分满意，虽然有时候躺在长沙发上时也会说："唉，唉！没意思，全都没意思！我当了中尉又能怎么样？"可是内心里，他对这个新头衔却备感满足，与人交谈时常常想方设法向对方含蓄地予以暗示。有一次，他在街上遇到一个他认为失礼的录事，便当即叫住那人，用语不多却直截了当地向其表明，他所面对的是一位中尉，而非别的什么军官。当时要是经过他身旁的是两位颇有姿色的女士，那他就会更加夸夸其谈了。皮罗戈夫一向爱附庸风雅，曾不断勉励画家皮斯卡列夫。不过，之所以如此，也可能是因为他很想看到自己在肖像上的勃勃英姿。可是，关于皮罗戈夫的品性，已经谈得够多的了。一个如此罕见的人物，要历数他的全部优点绝无可能：越是仔细考察，就越会发现种种新的特点，一一加以描述势必没完没了。

　　且说皮罗戈夫一直寸步不离地紧跟那位陌生女郎，还时不时地和她搭讪，但她只是生硬地、断断续续地、含糊其词地加以回应。他们穿过喀山大教堂昏暗的大门，来到了平民街。那是一条烟草店和杂货铺林立、德国手工业者和芬兰女人聚居的街道。金发女郎一阵小跑，闪身进入了一座邋里邋遢的楼房的大门，皮罗戈夫紧随其后。她一口气跑上狭窄幽暗的楼梯，进了一扇房门，皮罗戈夫也大胆地挤了进去。他发现自己置身于一个大房间里，四周的墙壁黢黑；天花板也被熏得黑乎乎的。工作台上摆着一堆螺丝钉、钳工用具、亮闪闪的咖啡壶和烛台。地板上满是铜和铁的碎屑。皮罗戈夫立即猜到，这是一个工匠的住房。陌生女郎继续轻移莲步，进了侧门。他略一踌躇，便按俄罗斯的规矩，决定继续跟进。他走进一个与前一个迥然不同的房间，收拾得十分整洁，表明其主人是个德国人。他见到一幅极为奇特的场景，不胜惊愕。

他的对面坐着席勒，但并非那位写《威廉·退尔》和《三十年战争史》的席勒①，而是平民街尽人皆知的白铁匠席勒。站在席勒旁边的是霍夫曼——也不是作家霍夫曼②，而是来自军官街的那个技艺精良的鞋匠，席勒的好朋友。席勒醉醺醺地坐在椅子上，跺着脚，慷慨激昂地说着什么事情。所有这一切对皮罗戈夫而言都还不足为怪，最为令他惊异的是这两个人极其古怪的姿势：席勒坐在那里，向前支棱着相当肥大的鼻子，仰着脑袋；霍夫曼则用两根手指头揪住这鼻子，将修鞋刀的刀刃在鼻梁上反复地磨来蹭去。两个人都说德国话，因此仅仅懂得一句德语"古德摩根"③的皮罗戈夫中尉，根本弄不清这是怎么一回事。其实，席勒的那番话可以归纳成这样：

"我不想要，我不需要这个鼻子了！"他挥舞着双手说，"单是这个鼻子，每个月就得费去我三磅鼻烟。而且，我要给

---

① 席勒（1759—1805），德国著名诗人、戏剧家，启蒙文学的代表人物之一。
② 霍夫曼（1776—1822），德国著名作家、作曲家、画家。
③ 意为"早安"。

可恶的俄国商店掏钱，因为德国商店不卖俄国鼻烟。我去可恶的俄国商店里买，每磅得掏四十戈比，一个月就是一卢布二十戈比——十二个月呢，那就得十四卢布四十戈比。你听清楚了没有，我的朋友霍夫曼？光是花在鼻子上的钱就要十四卢布四十戈比呀！再说，逢年过节我闻的都是拉佩烟，因为我不想在节日里还闻糟糕的俄国烟。一年我闻两磅拉佩烟，一磅两卢布。六①加十四——光是烟钱就得花掉二十卢布四十戈比。这简直是抢劫嘛！我问你，我的朋友霍夫曼，难道不是吗?"霍夫曼自己也喝醉了，回答时连连称是，"二十卢布四十戈比呀！我是施瓦本②德国人。我在德国有国王。我不想要鼻子了！把这鼻子给我割了！我的鼻子在这儿哪!"

若不是皮罗戈夫中尉不期而至，则毫无疑问，霍夫曼必定稀里糊涂地就将席勒的鼻子割掉了，因为他已经把他的刀子摆出了切割鞋底的架势。

突然有个陌生的不速之客不合时宜地来打搅，使席勒颇为恼怒。虽说他又喝啤酒又喝白酒，早已醉意醺然，但终究觉得这样一副模样并且当着外来之人的面干这种事情不大体面。这时候，皮罗戈夫浅浅地鞠了一躬，以他特有的悦耳嗓音说道：

"请原谅我……"

"滚出去！"席勒拖长声调回答道。

这让皮罗戈夫中尉一时不知所措。他还从未受到过如此粗

---

① 应为四加十四，席勒醉酒后将数目混淆了。
② 中世纪早期的日耳曼部落公国之一。

鲁的对待，脸上原有的一丝笑意骤然消失。他深感人格尊严受到伤害，说道：

"我感到很奇怪，尊敬的先生，您大概没有看出来……我可是军官……"

"军官算什么玩意儿，我还是施瓦本德国人呢！本人（说到这里，席勒用拳头猛捶了一下桌子）也能当上个军官：一年半士官生、两年中尉，明天马上就成了军官。可我才不想进军队当差呢。我对军官就这么样回敬：呸！"说着，席勒伸出手掌，朝上面啐了一口。

皮罗戈夫中尉看出来了，他除了抽身离去，再无必要在此停留。不过，遭到如此对待，实在有辱他的身份，他心中甚觉不快。他数度在楼梯上止步，似乎想鼓起勇气，设法让席勒明白他太放肆了，可最终他认为，席勒情有可原，因为他那脑袋瓜给啤酒灌糊涂了，加之眼前又浮现出了那位金发女郎俏丽的身影，于是他决定将此事置之度外。

次日，皮罗戈夫中尉一大早便来到了白铁匠的作坊里。在外面，他迎面遇上了俏丽的金发女郎。她的小脸蛋儿冷若冰霜，用同样冷冰冰的声音问道：

"您有什么事？"

"噢，您好啊，我亲爱的！您不认得我了吗？小淘气，多么漂亮的眼睛啊！"说到这里，皮罗戈夫中尉想亲热地用一根手指撩拨她的下巴。

然而，金发女郎发出一声惊叫，还是那么冷冰冰地问道：

"您有什么事？"

"就想看看你，我再也没有什么事了。"皮罗戈夫中尉十分亲切地微笑着说，并往前靠近。但是，他发现惊魂未定的金发女郎想躲进门去，便补上了一句："我亲爱的，我想定制一副马刺。您能给我做一副马刺吗？就当是出于爱您好了，其实我根本不需要马刺，倒是更想要一个马笼头。多么可爱的一双小手啊！"

皮罗戈夫中尉在作这类表白的时候，向来是十分亲切动人的。

"我这就去叫我的丈夫。"德国女子大声说了一句便抽身离去。没过几分钟，皮罗戈夫就看见席勒来了，一副睡眼惺忪的模样，稍稍从昨天的醉酒状态中清醒过来。他瞥了一眼军官，仿佛在梦境中似的，模模糊糊地想起一些日前的事情。他一点儿也不记得昨天的那副丑态了，但总觉得做了一件什么蠢事，因而疾言厉色地对待这位军官。

"我做马刺，收费不能低于十五卢布。"他说这话是想摆脱皮罗戈夫的纠缠，因为他作为一个秉性正派的德国人，面对一个曾目睹他那副有失体面的状态之人太难乎为情。席勒喜欢邀约二三知己共饮，完全避开外人的目光。当此之时，即便是自己的雇工们也会被拒之门外。

"为什么这样贵呢？"皮罗戈夫和颜悦色地说。

"德国人的做工嘛，"席勒摸着下巴，冷漠地说，"俄国人只给两卢布都肯做。"

"好吧，为了表明我喜欢您，希望和您结识，我就出十五卢布得了。"

席勒寻思了片刻：他作为一个诚实的德国人，一时变得有点儿不好意思。但他仍然希望推掉这批货，便声称少于两星期他是做不好的。不料，皮罗戈夫却毫无异议地欣然表示同意。

这位德国人陷入了沉思，开始琢磨如何能将自己的活计做得更好一些，使其真正可值十五卢布。正当此时，金发女郎走进工场，在摆满咖啡壶的工作台上翻找东西。中尉趁席勒想得入神之际，走到她跟前，捏了一把她那一直裸露到肩头的胳膊。这让席勒极不高兴。

"那是我的老婆！"他大喝一声。

"您要干什么？"金发女郎也作出了反应。

"到厨房里去！"

金发女郎转身离去。

"这么说，要过两个星期了？"皮罗戈夫说。

"是的，得过两个星期。"席勒边想心事边回答，"眼下我的活儿很多。"

"再见！我以后再来。"

"再见！"席勒答道，随手关上了中尉身后的门。

尽管遭到了德国女人显而易见的抗拒，席勒仍然决定不放弃自己的追求。他无法理解，怎么能违拗他的意愿，尤其是他的那份殷勤和引人注目的军衔呢？他完全有理由获得青睐呀！然而，也应当指出，席勒的妻子虽然堪称美貌，但头脑却很迟钝。不过头脑迟钝之于漂亮的妻子，反而独具魅力。至少我就知道，有许多丈夫都为自己的妻子头脑迟钝而满心欢喜，将其种种表现视作天真无邪的明证。美貌足以产生真正的奇迹。美人身上的种种心灵缺陷不但不令人生厌，反而不知怎么倒会特别招人怜爱。在她身上，恶习也能讨人喜欢。一旦年老色衰——且不说想要赢得爱慕，哪怕希望多少受到一点儿尊重，女人也必须比男人聪明二十倍才行。不过，席勒的妻子无论头脑多么迟钝，对丈夫都始终谨守妇道，因而皮罗戈夫的大胆图谋便绝难得逞。然而，战胜艰难险阻也常常会带来极大的快意，所以金发女郎仍然变得日甚一日地令他难以忘怀。他开始极为频繁地打听马刺的情况，终于让席勒产生了厌烦。这位德国工匠竭尽全力，争取尽快做好业已开工的马刺。终于，一副马刺大功告成。

"啊，多么精巧的做工呀！"皮罗戈夫中尉一见到马刺便高声赞叹，"天哪，做得太漂亮了！即便是我们的那些将军，也没有这么好的马刺呀！"

一种扬扬自得之感在席勒的心底油然而生。他的目光显得十分欣喜，结果与皮罗戈夫前嫌尽释。"这个俄国军官是个聪明人。"他心中暗想。

"由此可见，您也能制作套子了？比如说，做个剑鞘或者给别的一些东西配上个套子之类。"

"噢，那还用说！"席勒微笑着说。

"那就给我做个剑鞘吧。我改日给您拿来——我有一柄很好的土耳其短剑，但我想另配一副剑鞘。"

此话对于席勒来说，有如晴空霹雳。他的眉头猛然一皱。"真是意想不到啊！"他心想，暗自责骂自己不该揽下这个活计。拒绝呢，他认为太不体面，何况这个俄国军官还夸奖了他的手艺。他微微晃了晃头，表示已经同意。可是皮罗戈夫临行时厚颜无耻地正对俊俏的金发女郎的双唇亲了一口，又让他极感困惑。

我认为向读者简略地介绍一番席勒并不算多余。席勒是一个地地道道、名副其实的德国人。二十岁堪称幸福的时光，其时俄国人还在吊儿郎当地混日子。从那年起，席勒已经对自己的整个生活制订出了严格的规矩，任何情况下都不得破例。他规定早上七点起床，中午两点吃午饭，一切都准确无误——每逢星期日则一醉方休。他预定在十年内积攒够五万卢布的资本，这已经像命中注定一样确凿无疑、不可更改了，因为要想让一个德国人下决心自食其言，比之让一个官员忘掉窥探上司的门厅更加难乎其难。任何情况下，他都不会增加自己的开支。即便土豆的价格比平日上涨了许多，他也不肯多花一戈比，而只是削减购买数量。尽管有时候会挨一点儿饿，但他却对此习以为常。他做事达到了这种精确程度：他规定一昼夜亲吻妻子不能超过两次。为了避免多吻一次，他在自己的汤里所放的胡椒从不超过一小勺。不过在礼拜天，这个规矩可就执行得不那么严格了，因为当天席勒要喝两瓶啤酒和一瓶黄蒿浸酒。不过，他对这种浸酒向来骂个不休。他喝酒时绝不会像英国人那样，午饭后立即把门闩上，一个人自斟自酌。相反，他这个德国人喝起酒来总是激情洋溢，要么和鞋匠霍夫曼，要么和木匠孔茨（也是德国人，一个大酒鬼）一起痛饮。品德高尚的席勒生性如此，这终于让他陷入了极为困难的境地。尽管他向来反应迟钝，又是一个德国人，但皮罗戈夫的行为举止还是在他的心中激起了近乎妒意的感情。他绞尽脑汁，始终想不出什么高招足以摆脱这个俄国军官。与此同时，皮罗戈夫却在一伙同伴中间抽着烟斗（由于上帝的安排，军官和烟斗总是如影随形），一边抽烟，一边面带得意的微笑，暗示他与俏丽的德国女人有了私情。按照他的说法，他与她已经过从甚密，但实际上，想要赢得她的欢心几乎已失去了希望。

有一天，他在平民街上漫步时，望了望挂着画有咖啡壶和茶炊的醒目招牌的席勒那座楼房。令人喜出望外的是，他看见金发女郎正探头窗外，观望过往的行人。他站了下来，向她挥手打招呼说："早上好！①"金发女郎像对待熟人那样，向他点头致意。

"喂，你的丈夫在家吗？"

"在家。"金发女郎回答。

"他什么时候不在家呢？"

"他每个礼拜天都不在家。"金发女郎傻乎乎地说。

"这倒挺不错，"皮罗戈夫心想，"得抓住这个机会。"

于是，下一个星期天，他便突如其来地出现在金发女郎面前。席勒确乎不在家。漂亮的主妇大吃一惊，不过皮罗戈夫这一回举止相当审慎，态度十分恭谨，频频鞠躬行礼，展现出他那束着腰带的柔韧身躯的整个风姿。他十分风趣而又彬彬有礼地说笑打趣，但是傻里傻气的德国女人对一切都只是简单地用一两个字作出回应。直到最后，他种种招数都已用尽，眼见得

---

① "早上好"原文为德文的俄文译音。

任什么也提不起她的兴致，便向她建议跳跳舞。这德国女人当即予以同意，因为所有的德国女人都热衷于舞蹈。皮罗戈夫对此满怀希望：第一，这足以给她带来乐趣；第二，这可以显示他的身姿与灵巧；第三呢，跳舞时最能彼此挨近，搂抱住这美艳的德国女人，从而为搞定一切打下基础。简而言之，他通过此举可望大功告成。他开始跳一种加伏特舞，深知对德国女人需要一步一步地来。美艳的德国女人走到房间中央，抬起一只纤巧玲珑的秀足。这个姿势令皮罗戈夫欣喜若狂，不禁扑过去吻起她来。德国女人不住地叫喊，这在皮罗戈夫眼中更是平添了几分妩媚。他一个劲儿地狂吻着她。蓦然之间，房门大开，席勒领着霍夫曼和木匠孔茨走了进来。三位可敬的手艺人全都喝得酩酊大醉。

不过，我还是让读者自己去想象席勒该是何等气愤和恼怒吧。

"混蛋！"他怒不可遏地大喝一声，"你竟敢亲我的老婆！你是个下流坯，绝不是俄国军官。活见鬼了，我的朋友霍夫曼，我是德国人，可不是俄国猪！"

霍夫曼点头称是。

"哼，我可不想戴绿帽子！我的朋友霍夫曼，快揪住他的领子，把他推出去！我不想见到他。"他不断地说着，挥舞着双手，脸也涨得通红，有如他那红呢子坎肩的颜色，"我在彼得堡住了八年，我在施瓦本还有母亲，我的舅舅在纽伦堡。我是德国人，而不是戴绿帽子的畜生！让他滚蛋吧，我的朋友霍夫曼！抓住他的胳膊和腿，我的老弟孔茨！"

于是，几个德国人抓住了皮罗戈夫的胳膊和腿。

他竭力挣扎，企图脱身，都归于徒劳。这三个匠人可是彼得堡所有的德国人中最为壮实的汉子，对他之粗暴无礼简直无以复加，所以我只得承认，我实在难以用语言来描述这一可悲的事件。

我相信，席勒第二天准定是在极度的惶惶不安之中度过的。他紧张得浑身发抖，分分秒秒等待着警察找上门来。为了让昨天所发生的一切梦幻般地化为乌有，天知道他会付出何种代价。然而，已经发生的事情是不可改变的。任什么也不能与皮罗戈夫的愤懑相提并论。念念不忘所遭受的奇耻大辱令他狂怒不已。他认为，即便判处席勒鞭笞和流放西伯利亚也只能算是最轻的惩罚。他飞速赶回家中，穿戴整齐，径直去晋见将军，想绘声绘色地渲染一番那几个德国匠人所施的暴行。他打算立即向总司令部递交呈文。如若总司令部惩办不力，那就直接上诉至国务会议①，要不就禀告皇帝陛下。

不过，所有这一切不知何故都诡异地不了了之了：他中途拐进一家糖果点心店，吃了两个起层夹馅儿烤饼，浏览了《北方蜜蜂报》上的几条消息，出门时已经不那么怒火中烧了。加之天色向晚，凉爽宜人，也让他动了在涅瓦大街上散散步的念头。时至九点，他业已心平气和，颇觉礼拜天上门打扰将军不合时宜，况且将军无疑亦已被人请到什么地方做客去

---

① 1810年至1917年俄罗斯帝国的最高立法机关，也可处理超出其他机关权限的行政和司法事务。

了，因此他便动身去一位检察官的家中参加晚会，一批文武官员即将在此欢聚一堂。他在那里度过了一个愉快的夜晚，跳玛祖卡舞时大出风头，不仅令众女士欣喜若狂，连男舞伴们也赞赏有加。

"我们这个世界真是不可思议啊！"前天，我走过涅瓦大街时忆及这两起事件，不禁浮想联翩，"命运总是这么奇怪、这么莫名其妙地捉弄我们啊！我们什么时候得到过所期望的东西呢？我们又何曾达到过我们似乎力所能及的目标了呢？一切都事与愿违。命运赐予一个人几匹骏马，他却漫不经心地驾着它们游逛，丝毫未曾察觉到它们的健美。另一个人则对马爱得一往情深，宁肯自己徒步而行。在别人骑马从他身旁疾驰而过之时，他唯有啧啧赞叹而已。有的人拥有技艺精湛的厨师，但遗憾的是生就一张小嘴，口福不佳，多一两片肉也难以下咽。而有的人嘴巴倒大得像总司令部的拱门，然而可惜呀，生就了只配享用土豆烹制的德国饭食。命运总是这么奇怪地捉弄我们啊！"

不过，最为奇怪的还是发生在涅瓦大街上的这些事件。啊，可别相信这条涅瓦大街！每当我行经这条街道之时，总是裹紧披风，力求一概不去注意迎面所遇到的各种事物。一切都是骗局，一切都是幻象，一切都不是那虚有其表的模样！你以为那位身着精工缝制的常礼服悠然漫步的先生很富有吧？根本不是那么回事：他的全部家当仅限于这件常礼服。你心想，驻足于建设中的教堂前面的两个胖子是在品评其建筑艺术吧？大谬不然：他们只不过在说两只乌鸦面对面地蹲着好生奇怪。你估计，那个挥舞双手激昂慷慨的人，是在讲他的妻子从窗口将一个小球抛到了与其素不相识的一名军官身上吗？大错特错，他是在谈论拉斐德①呢。你认为，那些淑女们……可是淑女们是最不值得信赖的。最好少去张望商店的橱窗：其中陈列的小饰物都很精美，但要价高得吓人。千万别去窥视帽檐下淑女的芳容！无论美人的披风在远处如何飘飞舞动，我也绝不会跟踪而至细加欣赏。看在上帝的面上，远远地、远远地离开街灯吧！快一些，尽可能快一些侧身而过。如若它只是给你考究的礼服溅上几滴臭烘烘的灯油，那还算是你的幸运。然而除了街灯，其他的一切也饱含着欺骗。这条涅瓦大街无时无刻不在撒谎行骗，但莫此为甚的则是这样的时刻：其时浓浓的夜色笼罩街头，将幢幢高楼白色和浅黄色的墙壁衬托得格外分明；其时全城一片轰鸣，灯火辉煌，无数四轮轿式马车从桥上蜂拥而过，前导驭手高声吆喝，在马背上频频地上下颤动；其时恶魔亲手点燃万家灯火，唯一的目的就在于让一切都不致显露其真实的面目。

---

① 拉斐德（1757—1834），法国政治家。

鼻子

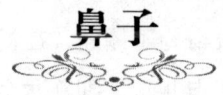

一

3月25日，彼得堡发生了一起异乎寻常的事件。家住沃兹涅先斯基大街的理发匠伊万·雅科夫列维奇（其人姓氏业已佚失，即便在他那幅画着一位脸颊涂满肥皂沫的绅士并注明"兼营放血"① 的招牌上，也并未增添任何说明），早早地便已

① 旧俄理发匠大都会以放血的方法给人治病。

醒来，闻到一股热面包的香味。他在床上略略支起身子，看见他的妻子——一位极其爱喝咖啡、颇为受人尊敬的太太，正从炉膛里将一个个烤好的面包取出来。

"普拉斯科维娅·奥西波夫娜，我今天不喝咖啡了，"伊万·雅科夫列维奇说道，"只想吃点儿加葱花的小面包。"

其实，伊万·雅科夫列维奇两样都想要，可是他知道，一下要两样东西绝无可能，因为普拉斯科维娅·奥西波夫娜极不喜欢这类任性的要求。"就让大笨蛋吃面包去吧，这样我倒觉得好些。"妻子暗自思忖，"那就能多剩下一份咖啡了。"于是，她把一个面包扔到了桌子上。

伊万·雅科夫列维奇为了体面，在衬衫外面套上一件燕尾服，坐到餐桌前，倒了点儿盐，剥好两个葱头，拿起刀子，做出一副意味深长的模样，动手切起面包来。他将面包切成两半，往中间一瞧，不禁大吃一惊，因为他瞅见了一个发白的东西。伊万·雅科夫列维奇小心翼翼地用刀子拨了拨，用手指摸了摸。"挺结实的!"他自言自语道，"这是什么东西呢?"

他将指头伸进去，往外一掏——竟然是一只鼻子!……伊万·雅科夫列维奇连忙松手，揉了揉眼睛，又仔细摸了摸：是鼻子，的确是鼻子!而且，看上去似乎还挺眼熟。伊万·雅科夫列维奇脸上骤然表露出惊恐的神色。不过，这种惊恐比起他妻子的满腔愤怒来，便无足轻重了。

"你这畜生，从哪儿割来的这只鼻子?"她怒不可遏地高声吼道，"骗子手! 酒鬼! 我要亲自到警察局告你去! 好一个歹毒之徒! 我早就听三个人说过，你刮脸的时候下狠手，把人家的鼻子都快揪下来了。"

然而，伊万·雅科夫列维奇早已吓得半死不活了。他认出来了，这只鼻子并非属于别的什么人，正是八等文官科瓦廖夫的，他每个星期三和星期日都会为此人刮脸。

"你等等，普拉斯科维娅·奥西波夫娜，我把它用破布包起来，搁到墙角：让它在那儿放一放，过后我再拿出去。"

"我听都不想听！你是要让我允许把一只割下来的鼻子放在自家屋里？……你这没心没肝的家伙！光知道在皮带上一个劲儿地磨剃刀，把应尽的责任都快忘得一干二净了。你这个二流子、坏蛋！还指望我在警察面前替你担保是不是？……咳，你这个混蛋、蠢货！快把它扔出去！扔出去！你爱扔到哪里就扔到哪里！别再让我闻到它的臭味儿！"

伊万·雅科夫列维奇呆若木鸡地伫立在那里。他左思右想，绞尽脑汁，却始终不知道如何是好。

"鬼知道这是怎么回事。"他搔了搔后耳根，终于说道，"昨天我是不是喝醉了回的家，看来已说不清楚了。可这件事无论如何都显得太离奇了：面包是烤过的，而鼻子却并无异样。我实在琢磨不透！……"

伊万·雅科夫列维奇默不作声了。一想到警察会在他家里搜出那只鼻子，让他吃官司，他便吓得魂不附体。他仿佛已经隐约看见了用银丝精心绣过的红衣领，长长的利剑……于是他不禁浑身发抖。终于，他找出他的内衣和靴子，将这堆乱七八糟的东西匆匆穿上，在普拉斯科维娅·奥西波夫娜一片刺耳的叱骂声中，将那只鼻子用破布卷好，出门而去。

他打算将鼻子随手打发掉：要么塞进大门的门墩儿底下，要么佯装无意中失落到地上，随即拐进小巷，一走了之。然而，倒霉的是，他老是碰见熟人，人家一照面便问："你到哪儿去呀？"要么就问："这么早给谁刮脸去呀？"结果伊万·雅科夫列维奇怎么也找不到时机。有一次，他已经将鼻子扔到地上了，但是一个岗警却远远地用戟向他指了指，还说了一句："拾起来呀！你掉东西了！"结果伊万·雅科夫列维奇只得把鼻子捡起来，藏到了衣袋里。他绝望已极，尤其是随着大小店铺纷纷开门，街上的人也不断地增多起来了。

他决定前往伊萨基大桥：看能不能将鼻子扔进涅瓦河……不过，我多少有些抱歉，直到现在还不曾对伊万·雅科夫列维奇这位在许多方面都值得尊敬的人作出任何交代。

伊万·雅科夫列维奇像每个正派的俄国手艺人一样，一向嗜酒如命。虽然他每天都给人刮胡子，但他自己却从来不刮。伊万·雅科夫列维奇的燕尾服（他从不穿常礼服）颜色斑驳，亦即本来是黑色的，如今却布满了棕黄色和灰色的斑点；领口油亮，三颗纽扣都脱落了，只余下一些线头。伊万·雅科夫列维奇脸皮极厚，平日八等文官科瓦廖夫在修面时对他说："伊万·雅科夫列维奇，你的手老是有一股臭味儿！"对此，伊万·雅科夫列维奇惯常以问作答："为什么会有臭味儿呢？"——"这我可不知道，老弟，就是有股臭味儿。"八等文官说。于是，伊万·雅科夫列维奇便会闻闻鼻烟，再在他的脸颊上面、鼻子底下、耳根后头、下巴颏儿上——总之，他兴之所至的各个地方，一一涂上肥皂，以此加以应付。

且说这位可敬的市民业已来到伊萨基大桥上。他首先环顾了四周一番，然后俯身于桥栏之上，仿佛想瞧瞧桥下游动的鱼儿多不多，随即悄悄地将包着鼻子的破布扔了下去。他顿时感觉宛如卸掉了千斤重担。伊万·雅科夫列维奇甚至莞尔一笑。他不去给官员们修面了，而是直奔一家挂着"茶点小吃"招牌的小馆子，本想喝一盅潘趣酒①，却突然发现一位巡长兀立在桥头，仪表堂堂，满脸络腮胡子，头戴三角呢帽，身佩一柄长剑。他一时愣住了。此刻，巡长则用一根指头招呼他道：

"伙计，你过来一下！"

伊万·雅科夫列维奇懂得礼节，老远便脱下便帽，快步走上前去，说道：

"大人，您好！"

"不，不，老弟，别叫我大人。你倒是说说，你站在桥上干什么来着？"

"天地良心，大人，我原本是去给人刮脸，只不过瞧了瞧河水流得急不急。"

"你撒谎，撒谎！拿这种话是敷衍不过去的，还是照实说吧！"

"我情愿每星期替大人刮两次脸，哪怕三次也行，绝不推托。"伊万·雅科夫列维奇回答道。

"不行，朋友，这都是些废话！有三个理发匠给我刮脸，他们还认为是我给他们大大地赏光了呢。你倒是说清楚，你在

_____

① 一种含有酒、糖、果汁、香料的混合饮料。

那里都干了些什么？"

伊万·雅科夫列维奇登时脸色变得煞白……不过，事情至此已陷入云山雾罩，其后都发生了些什么，便无从知晓了。

二

八等文官科瓦廖夫一大早便醒来了，用嘴唇发出"嘟噜噜……"的声音。每当他一觉醒来，他都会这么干的，尽管他自己也说不清为什么会这么干。科瓦廖夫伸了伸懒腰，吩咐将桌子上放着的小镜子给他拿来。他想看一看昨晚他鼻子上冒出来的那个小疖子，然而令他不胜惊骇的是，他的鼻子没了，只看见一块光溜溜的瘢痕！科瓦廖夫失魂落魄地叫人端来水，用毛巾擦了擦眼睛：确乎没有了鼻子！他伸手摸了摸自己，想弄清是否在做梦？看来并非在梦中。八等文官科瓦廖夫从床上一跃而起，打了个激灵：鼻子没有了！……他吩咐立即给他穿好衣服，然后便飞也似的径直去见警察总监。

不过，我们还得略微介绍一下科瓦廖夫，好让读者能弄清这位八等文官是什么样的人。凭借学业文凭获得这一官衔的八等文官，无论如何也不可与那些在高加索搞到的八等文官相提并论。他们是全然不同的两种人。有学识的八等文官嘛……然而，俄罗斯是一个十分奇特的国度，你若提到一个八等文官之事，则从里加到堪察加的所有八等文官都必定会认为是在谈论他们自己。其他各种官衔和职级的人也莫不如此。科瓦廖夫是在高加索弄到的八等文官。他获得这个职衔只不过短短两年，所以对之一刻也不能忘怀。而且，为了给自己增添些许气度和威望，他从不自称八等文官，总是以少校自居。"听着，亲爱的，"他在街上遇见卖胸衣的女人时总是说，"你上我家来吧，我住在花园街。只要问一问'科瓦廖夫少校住在这里吗'，任何人都会告诉你的。"如果遇见一个面目姣好的女人，他还会悄声地格外补充几句私密的嘱咐："心肝宝贝儿，你就打听打听科瓦廖夫少校的寓所吧。"有鉴于此，让我们往后也就将这位八等文官称为少校好了。

科瓦廖夫少校有个习惯，每天都要去涅瓦大街散步一番。他的胸衣领子总是异常洁净，浆得硬硬的。他那络腮胡子的类型，至今还可以在省里和县里的土地丈量员、建筑师、团里的军医以及履行各种警察职责的人脸上，总之在所有那些生着红润的胖脸蛋儿、波士顿牌玩儿得极精的男人们的脸上看到：这种络腮胡蔓延到了脸颊中央，直抵鼻子近旁。科瓦廖夫少校前来彼得堡是有意图的，确切地说就是想谋求一个能与其体面的官衔相称的职位：要是走运，可以当个副省长；如若不行，则在某个地位显赫的厅局里做个庶务官。科瓦廖夫少校并不反对结婚，但只有在未婚妻坐拥二十万巨款的身家的情况下才行。所以，读者现在可以自行判断，当这位少校发现他那长得相当美观而且大小适中的鼻子没了，只剩下一处又平又光、令人尴尬的瘢痕时，该是一种何等难堪的心境。

倒霉的是，街上一辆出租马车也不见踪影，他只得徒步而行，同时裹紧斗篷，用手帕捂住脸，佯装出鼻血的模样。"不过或许是我的错觉吧：鼻子不可能糊里糊涂地丢掉的呀！"他这样琢磨了一番，便特地走进一家糖果点心店，想照照镜子。

幸好店里一个顾客也没有。小伙计们正在打扫房间、摆放座椅。其中几个人睡眼惺忪，用托盘端出一批滚烫的馅饼。桌椅上乱扔着沾满咖啡渍的昨天的报纸。"唔，谢天谢地，一个人也没有。"他说，"现在可以仔细看看了。"他怯生生地走到镜子跟前，放眼一瞧，"鬼知道是什么破烂玩意儿！"他啐了一口唾沫，说道，"就算没了鼻子，哪怕有个别的什么东西顶上也好呀，可是一无所有！……"

他懊恼地咬紧嘴唇，走出糖果点心店，决定一反常规，再也不看任何人，也不对任何人笑脸相迎。突然之间，他在一幢楼房的大门前呆若木鸡地站住了。他眼前发生了一件让人无法理解的怪事：一辆四轮轿式马车在门口停着；车门开处，一位身着制服的绅士一弯腰，跳下车来，快步上楼而去。当科瓦廖夫认出这正是他自己的鼻子之时，他是何等地恐惧和惊骇啊！目睹如此异乎寻常的咄咄怪事，他感到眼前的一切都天旋地转起来，只能勉强站住脚跟。他像疟疾发作似的浑身一个劲儿地颤抖，但仍然决定无论如何也要等着那人返回马车。两分钟后，"鼻子"果真出来了。他身着绣金高领制服、熟羊皮裤子，斜挎着一柄长剑。根据带有羽饰的帽子可以推断，他位居五等文官之职。种种迹象表明，他是乘车去什么地方拜访别人。他左顾右盼了一番，便对车夫喊了一声"走吧"，随即坐上车，扬长而去。

可怜的科瓦廖夫几乎要发疯了。他简直难以设想会有此等怪事。说真的，这鼻子昨天还好端端地在他脸上，既不会走也不会飞，怎么竟然穿起制服来了呢？他跟着马车追了过去，幸亏那马车没走多远，便在喀山大教堂门前停了下来。

他急忙赶到教堂，费力地从一伙蒙头盖脸、只留着两个窟窿看人的老乞婆中间挤了过去（先前他总是讥笑她们），进入了教堂。教堂里祷告的人并不多，全都只是站在刚进门的地方。科瓦廖夫感到心情十分沮丧，怎么也无法静下心来祈祷，便放眼各个角落，四处寻找那位绅士，终于发现他就站在一旁。"鼻子"将脸孔全然掩藏在宽大的立领里，露出一副十分虔诚的表情在祈祷。

"怎么去接近他呢？"科瓦廖夫寻思着，"看那制服，看那帽子，一切迹象都表明他是一位五等文官。鬼才知道该怎么办！"

他在此人身旁咳了咳，但此人一刻也不曾改变其虔诚的姿势，一直在连连躬身礼拜。

"尊敬的先生……"科瓦廖夫强打精神，开言道，"尊敬的先生……"

"您有什么事？"鼻子回过头来答话。

"我感到奇怪，尊敬的先生……我觉得，您应当知道自己的位置。我突然找到了您，然而是在什么地方呢？——是在教堂里。您得承认……"

"对不起，我不明白您说的是什么事情……请您解释清楚。"

"我该如何向他解释呢？"科瓦廖夫想了想，鼓起勇气开言道：

"当然了，我……其实，我是个少校。我脸上没了鼻子，您得承认，这是不成体统的。一个待在沃斯克列先斯基桥上卖去皮橙子的女小贩倒可以没有鼻子，可是我还想晋升……况且我跟许多大户人家的太太都很熟识，例如五等文官夫人切赫塔列娃……您设身处地想一想吧……我简直不知道，尊敬的先生……"说到这里，科瓦廖夫少校耸了耸肩膀，"对不起，如果按照职责和荣誉的规矩来看这件事情……您自己也会明白的……"

"我根本就什么也不明白，""鼻子"回答道，"您再解释得清楚一些吧。"

"尊敬的先生……"科瓦廖夫出于自尊心说道，"我不知道该如何理解您的这一番话……好像这整个事情都是一清二楚的了……要么就是您想要……您可正是我的鼻子呀！"

"鼻子"瞧了瞧少校，略略皱了皱眉头。

"您弄错了，尊敬的先生，我和您毫不相干。况且我们之间不可能有什么密切的关系。从您这身制服的纽扣来看，您应该是在另一个衙门供职。"

"鼻子"说罢便转过身去，继续祈祷。

科瓦廖夫全然张皇失措，不知道该怎么办，甚至不知道该怎么想。这时候，传来一阵女人衣裙那令人愉快的窸窣之声，过来了一位服装绣满花边的中年妇人。与她同行的还有一个窈窕淑女，洁白的连衣裙勾画出苗条动人的腰身，头戴一顶浅黄色的状如甜点心般精巧的帽子。她们身后是一名人高马大、满脸络腮胡、脖颈上围了足足一打硬领的随从。他这时正停下脚步，打开鼻烟壶。

科瓦廖夫趋步到了近前，扯展亚麻布胸衣的硬领，理好挂在金链上的各种图章，含笑环顾四周一番，便专注地审视那位体态婀娜的仕女。那女子像一朵娇艳的春花，微微弯下身子，将一只生着半透明的手指的白净小手举到额头上。科瓦廖夫看见小帽子下边露出的她那晶莹圆润的小下巴和泛出初春玫瑰的嫣红的半边脸颊之时，他的一张脸就更加笑逐颜开了。然而，他突然间纵身跳开了，仿佛被火烧着了一般。他蓦地想起，他的鼻子已不翼而飞，那里全然一无所有了，眼泪不禁夺眶而出。他转过身来，本打算直截了当地对那位身着制服的绅士说，他只不过是一个冒牌的五等文官，一个骗子和无耻之徒，只有鼻子才真是他本人的，其余则什么都不是……可是"鼻子"已经无影无踪，大概又驱车去拜谒什么人了。

这让科瓦廖夫陷入了绝望。他返身往回走，在一对柱廊下停留了片刻，仔细地四处观望，看是否能在什么地方碰巧发现"鼻子"。他清楚地记得，那人的帽子上有羽饰，制服上有金线的刺绣，但并未留意其外套如何、马车是什么颜色、驾的是什么马，甚至没有注意到其身后是否有随从、身着什么样的仆役制服。而且来来往往的马车是如此之多，车速又是如此之快，很难记清楚。即使他记住了其中的某一辆，也无法让其停下来。

这一天风和日丽。涅瓦大街上人头攒动，仕女们宛如色彩缤纷的瀑布，撒满了从警察桥到阿尼奇金桥的整个人行道。瞧，那边过来的是一个他认识的七品文官，他惯常称之为"中校"，尤其是当着外人的时候。还有一个是他的好友，参议院股长亚雷金，玩八人波士顿牌时总是输得一塌糊涂。另外一个也是在高加索捞到官衔的少校，正招手叫他过去……

"唉，真见鬼！"科瓦廖夫说道，"喂，马车夫，径直到警察总监家！"

科瓦廖夫坐上马车，一个劲儿地向车夫吆喝："快点儿！越快越好！"

"警察总监在家吗？"他刚一跨进门厅，便高声发问。

"不在。"看门人回答说，"刚刚出门去了。"

"真不凑巧！"

"是呀，"看门人附和了一句，"刚刚还在的，可偏偏就出去了。您要是早来一会儿，兴许就在家里碰面了。"

科瓦廖夫一直没有取下脸上的手帕，坐上马车，用绝望的声音喊道：

"走吧！"

"去哪儿？"车夫问。

"照直走！"

"怎么照直走呀，这儿是个转弯儿的地方：向右拐还是向左拐？"

这下可把科瓦廖夫给问住了，令他不得不重新考虑。在他的这种情况下，首先应当去找彼得堡警察署。这倒不是因为事情与警署直接有关，而是因为警署办起事来要比其他部门快得多。企图去向"鼻子"自称供职的那个部门的长官寻求满意的解决，是很不明智的，因为从"鼻子"的那番答话即可看出，此人根本没有什么神圣的信念。到那时，他也会撒谎，正像他信誓旦旦地谎称他与科瓦廖夫素未谋面一样。这样，科瓦廖夫本来打算吩咐驱车前往警察署的，但又转念一想，这个骗子和坏蛋初次见面尚且如此不讲良心，完全可能再次找个合适的时机，设法从城里溜走——到时候，四处追寻都将是白费力气，起码，也会拖延上整整一个月时间（但愿不会如此）。最终，似乎是上天启示了他，他决定直接去找报馆的发行部，先行登个广告，详细描述"鼻子"的各种特征，以便任何人一旦遇见即可将其扭送给他，抑或至少能通告其落脚的地点。他打定主意，便吩咐车夫赶往报馆发行部。一路上，他不断地用拳头捶打车夫的脊背，同时连连发话："快点儿，混账东西！快点儿，坏蛋！"——"唉，老爷呀！"车夫摇着头说，同时用缰绳抽打他那匹像小狮子狗一样生着一身长毛的瘦马。马车终于停下了，科瓦廖夫气喘吁吁地奔进一间狭小的接待室。室内有个身穿旧燕尾服、戴着眼镜的白发职员，正坐在桌旁，嘴里噙着鹅毛笔，清点所收到的铜币。

"这里谁受理广告呀？"科瓦廖夫高声问道，"噢，您好！"

"您好！"白发职员举目望了望，随即又埋头关注那一堆堆钱币。

"我想刊登一则……"

"对不起，请稍等一下。"职员一边说，一边用右手在纸上数字数，左手的手指在算盘上拨了两个珠子。

一个身穿缝有金银饰线的制服、显示出在贵族之家当差模样的仆人，手里拿着一张字条站在桌旁，认为应该体面地炫耀一番自己的善于交际，说道：

"您相信吗，先生，那条小狗根本不值八个银币①。要是我，连八个铜币②也不肯出。可是伯爵夫人喜欢它，喜欢得不得了——所以，谁要是能把这狗找回来，就奖给他一百卢布！说话客气点儿，就像您和我一样，人人的爱好都各不相同：若是猎人的话，就得养猎狗或者卷毛狗，不惜花上五百、一千都行，但是必须是一条好狗。"

令人起敬的那位职员面带意味深长的表情听着讲述，同时计算着交来的纸条里有多少字。桌子周围站立着许多手拿纸条的老太婆、商店伙计和管院子的人。一张纸条上写着一名品行端正的马车夫待雇；另一张上写着一辆 1814 年购自巴黎的没怎么使用过的四轮马车待售；另外还有一名十九岁的使女待雇，擅长浆洗，也会干其他杂务；有一辆马车坚固耐用，仅缺一根弹簧；有一匹生着灰色斑块的烈马，口齿尚轻，不过十七岁；有一批购自伦敦的新鲜的芜菁和四季萝卜种子；一幢生活十分方便的别墅，外带两间马厩和一块足以种植白桦和云杉的绝佳园地；还有人求售旧鞋底，有意者请每天上午八时至下午三时前往接洽。容纳这些各色人等的房间很小，空气十分污浊。不过，八品文官科瓦廖夫闻不出这些气味，因为他用手帕捂住了脸，而且他的鼻子现在何处，唯有天才知道。

"尊敬的先生，求求您了……我的事情很紧急。"他终于等不及了，便开口说道。

---

① 合八十戈比。
② 合十六戈比。

"就好了，就好了，两卢布四十三戈比！马上就好了，一卢布六十四戈比！"白发先生一边说，一边将一张张字条扔给老太婆们和管院子的仆人们。"您有何贵干？"他终于转过脸来，对科瓦廖夫说。

"我有个请求……"科瓦廖夫说，"是受了骗还是上了当，我现在还完全弄不清楚。我只是请求登一则启事，要是有人能帮我抓住那个坏蛋，他会得到一笔可观的酬金。"

"请问您贵姓？"

"不，干吗要问我的姓呢？我可不能说。我有很多熟人：五等文官夫人切赫塔列娃，校官夫人帕拉格娅·格里戈里耶夫娜·波德托钦娜……要是她们知道了，那可就糟了！您可以只写个八等文官。要不，写成在职少校更好。"

"那么，逃走的是您家的仆人了？"

"什么仆人呀？那倒算不上多大的骗局！从我这儿逃跑的是……鼻子……"

"嘿！多么古怪的一个姓呀！这位鼻子先生偷了您很大一笔钱吗？"

"鼻子，就是说……您想错了！鼻子，就是我自己的鼻子，不知丢到哪儿去了。魔鬼是想拿我开玩笑呀！"

"是怎么丢掉的呢？我听不太明白。"

"我也没法儿给你说清楚是怎么丢的。不过，主要的是，他现在正坐着车满城跑，还自称是五等文官，因此我才请您登个启事，让抓住他的人在最短的时间内迅即把他交还给我。实际上，您想想看，我缺少了身体上如此显眼的一个部分，那怎么能行呢？这可不是脚上的一根小指头什么的。它要是没有了，我一穿上靴子，便谁都看不出来了。我每逢星期四都去五等文官夫人切赫塔列娃家。还有校官夫人帕拉格娅·格里戈里耶夫娜·波德托钦娜，以及她那个极其漂亮的女儿，都是我非常要好的老相识。您自己想想看，现在我怎么能……我现在可没法儿去见她们了。"

职员陷入了沉思，这从他抿紧的嘴唇便可以看出来。

"不行，我不能在报上刊登这样的启事。"他沉默良久之后，终于说道。

"怎么啦？为什么呢？"

"是这样的：报纸很可能会因此而声誉扫地。如果人人都来登启事，说他的鼻子跑掉了，那样的话……本来就已经有人议论，说报纸上老是登一些荒诞离奇的怪事和无中生有的传言。"

"可这件事有什么荒诞离奇的呢？我觉得其中并没有任何怪诞的地方。"

"只是您觉得没有罢了。单说上个星期吧，就出过这样一件事情：有一位官员，就像您一样找上门来，带了一张纸条，算起来该付费两卢布七十三戈比。那整个启事说的就是跑掉了一只黑色卷毛狗。乍看起来，这有什么呢？可结果却是一篇谤文：那卷毛狗影射的是一位财务主任，我不记得是哪个机关的了。"

"可是我要你登的并不是关于卷毛狗的启事，而是说我自己的鼻子。所以，差不多就等于说我本人一样。"

"不行，这样的启事我无论如何也不能刊登。"

"但我可是真的丢了鼻子呀！"

"就算丢了，那也是医生的事。听说，有些医生无论什么样的鼻子都能给装上。不过，我看得出来，您应该是一位性格开朗的人，喜欢在大庭广众之下开开玩笑。"

"我敢向您发誓！也罢，事情既然到了这一步，那我就给您看看。"

"何必这样费神呢！"职员嗅着鼻烟，继续说道，"不过，要是不太麻烦的话，"他动了好奇心，又加上了一句，"我倒也想看看。"

八等文官揭开了脸上的手帕。

"真的，奇怪极了！"职员说，"那地方油光水滑，就像刚出锅的煎饼一样。的确，平坦得简直不可思议！"

"那么，您现在还要和我争辩吗？您自己也明白，不登启事是不行了。我要特别感谢您。这件事让我有机会结识您，我感到十分高兴……"

从这番话中可以看出，少校决定这一次要略微加以奉承。

"登这个广告当然也不是什么大不了的事，"职员说道，"不过我看不出这对您有什么好处。既然您想登，那就交由一位有生花妙笔的人将此作为罕见的实例加以描述，刊登到《北方蜜蜂》上（这时，他嗅了嗅鼻烟），以便青年们得到教益（这时，他又嗅了嗅鼻烟），或者满足一番公众的好奇心。"

八等文官彻底绝望了。他的目光落到报纸上的戏剧资讯上。当他瞥见一个漂亮女演员的名字时，他的脸上顿时绽开了笑容。于是，他便随手摸了摸衣服口袋，看看有没有蓝票子①，因为他认为，校官们是应当坐池座的。然而，一想到鼻子，他的兴致全都被破坏了。

职员本人似乎也被科瓦廖夫的困境所触动。为了多少宽慰一番其伤悲的情绪，他认为应该礼貌地讲上几句话，以表达自己的同情：

"说真的，您出了这种意外的事，我感到很难过。您要不要闻点儿鼻烟？它能治头疼，消解悲伤情绪，甚至对痔疮也管用。"

说着，职员将鼻烟盒递给科瓦廖夫，同时很麻利地把画着戴帽美人像的壶盖儿扣到鼻烟盒下面。

这番无心的话语惹恼了科瓦廖夫。

"我不明白，您干吗专挑这个时候来开玩笑？"他怒气冲冲地说，"难道您没有看到，我缺少的正是可以闻鼻烟的东西吗？让您的鼻烟见鬼去吧！我现在见都见不得它，别说您这劣质的白桦烟了，哪怕您递上的是拉佩烟②，我也不屑一顾。"

说罢，他懊恼至极地走出了报纸发行部，动身去见区警察所长——那是个嗜糖成性的人。在他家兼作厨房的前厅里，满是商人们为拉交情而奉送的锥形大糖块。女厨子此刻正帮区警察所长脱下官员们穿的高筒皮靴。长柄剑和全副披挂都已稳稳地分挂在各个角落，威严的三角尖顶帽则被他三岁的小儿子随

---

① 旧俄纸币，面值五卢布。
② 法国产的一种名烟。

手摆弄着。而他则在经过一番富有战斗性的拼搏生活之后，正准备享受清闲的乐趣。

科瓦廖夫走进他的家门时，他刚好伸了个懒腰，哈了一口气，嘴里说道："啊，我要美美地睡上它两个钟头啦！"由此可见，八等文官的到来完全不合时宜。我不知道，此时此刻如果他送上几磅香茗或者若干呢料，是否能受到十分热情的接待。区警察所长虽然对各种美术作品和工艺制品赞赏有加，但对国家印制的钞票的热爱更甚于一切。"这个玩意儿嘛，"他平日总是说，"再没有什么东西比它更好了。它不吃不喝，又占不了多大的地方，衣服口袋里随时能装，掉到地上也摔不坏。"

区警察所长相当冷淡地接待了科瓦廖夫，说午餐后并不是进行侦查的时间，人的天性注定了饱餐之后必须稍事休息（八等文官从此话可知，区警察所长对古代先哲们的名言并非一无所知）；一个正派之人绝不会被人割去鼻子；这世界上形形色色的少校可多啦，他们连像样的内衣都没有，成天在各式各样淫秽下流的场所鬼混。

这真是一针见血的中肯之论！需要指出的是，科瓦廖夫是一个极爱抱屈的人。对于议论他本人的各种风言风语，他倒可以原谅，但是如果闲话涉及官阶和职衔，他便绝不肯轻饶。他甚至认为，在戏剧演出中，涉及尉官的一切言行都可以允许，但绝不应当攻讦校官。区警察所长的言谈举止让他分外难堪，于是他摇了摇头，微微摊开双手，充满自尊感地说道："老实说，听了您这番侮辱人的批评责备，我什么话也不想再说了……"说罢，他便出门扬长而去。

他急匆匆地赶回家中，已是黄昏时分。经过一事无成的四处求助之后，他觉得整个住所都显得凄凉，或者说十分可憎。走进前厅，他看见自家的听差伊万正仰躺在肮脏的皮沙发上朝天花板吐唾沫，而且总是相当准确地吐在同一个地方。用人的这一副冷漠劲头激怒了他。他拿帽子狠揍了一下这家伙的额头，接着骂道："你这个懒猪，尽干些蠢事！"

伊万猛地一跃而起，飞快地冲上前去为他脱斗篷。

少校走进自己的房间，又疲倦又伤心，重重地坐到圈椅里，最后叹了几口气说：

"我的天哪！我的天哪！为啥这么倒霉呀！就算我断胳膊缺腿，也比这好啊！就算我没了耳朵，虽说也很糟糕，但总还可以忍受。可是一个人没有鼻子，鬼知道成了什么东西：人不像人，鸟不像鸟——倒不如一把抓起来，扔到窗外去算了！若是在战场上或者决斗中被人砍掉了，抑或是出于我自身的原因倒也罢了，然而偏偏无缘无故地丢了，凭空地丢了，真是一钱不值呀！……不过，不对，这不可能。"他略加思索，又说道，"鼻子会丢掉，简直不可思议——无论如何也不可思议。这要么是做梦，要么是幻想。也可能是我错把刮脸后用来擦胡子的伏特加酒当水喝了。伊万这个傻瓜没有接住，我准是一气干掉了。"

为了证明他并未喝醉，少校使劲儿拧了自己一把，直疼得他大声叫喊了起来。这疼痛感使他深信，他一切如常，并不是在做梦。他悄悄地走到了镜子跟前。开始时，他眯缝着眼睛，心想，也许鼻子还会在老地方露面吧。然而，他当即跟跄倒退，嘴里说着：

"真是一副令人恶心的面孔啊！"

这的确令人难以理解。如果丢失一颗纽扣、一把银匙、一只表或者诸如此类的东西，那倒也罢了，可是偏偏丢了这个东西——谁会丢失这个东西呢！而且还是在自己的家里！……科瓦廖夫少校将各种情况——加以考虑之后，认为最接近真相的结论大概是：此事怪不得别人，错就错在校官夫人波德托钦娜身上，她一心想让他娶她的女儿为妻。他自己也喜欢追求这位姑娘，但一直在避免最后定情。当校官夫人直截了当地向他挑明，她想将女儿嫁给他时，他委婉地用一大堆恭维话来推托，说他还年轻，还需要再供职四五年，待到满四十二岁再说。因而校官夫人想必是出于报复之心，决定毁掉他的容貌，便雇用了一伙巫婆以达此目的，因为无论如何都难以设想，鼻子会是被人割掉的：谁也不曾进入他的房间；理发匠伊万·雅科夫列维奇还是星期三给他刮的胡子，而星期三一整天，甚至星期四全天，他的鼻子都还完好无损——这一点他可是记得十分清楚。并且，如果鼻子被割，他一定会感到疼痛，伤口无疑也不会好得这么快，变得像煎饼一般光滑。他脑子里思谋着几步计划：通过法院正式起诉校官夫人，抑或亲自去见她，揭穿其阴谋诡计。他的思路被门缝里闪射进来的光亮所打断，从而他知道伊万已经在前厅点上了蜡烛。不一会儿，伊万本人也进门来了，手里擎着蜡烛，将整个房间照得通明。科瓦廖夫的第一个动作就是抓起手帕，掩住昨天还有鼻子的地方，以免这个笨蛋真真切切地看见老爷的这副怪模样，被吓得目瞪口呆。

伊万尚未来得及返回仆人的陋室，便听见前厅里传来一个陌生人的说话声：

"八等文官科瓦廖夫住在这儿吗？"

"请进！科瓦廖夫少校就住在这儿。"科瓦廖夫说着，迅即起身去开门。

进门的是一位外貌英俊的警官，留着一副颜色不太淡也不很黑的络腮胡，面相相当富态，正是小说开篇时伫立在伊萨基桥头的那一位。

"请问，您丢失了鼻子，是吧？"

"正是。"

"它现在找到了。"

"您说什么？"科瓦廖夫少校叫喊了一声，一时高兴得说不出话来。他瞪大双眼，凝视着站在面前的巡长——其人嘴唇丰满，面颊上耀眼地闪动着摇曳不定的烛光，"怎么找到的呢？"

"事情也怪：几乎是在半路上把他截住的。他已经坐上公共马车，正想前往里加。护照早已办妥，写的是一位官员的名字。奇怪的是，起初我自己也把他当成了绅士。幸好我随身带着眼镜，立即看出他就是'鼻子'。我可近视了，要是您站在我面前，我只能看见您的脸庞，可是鼻子也好，胡子也好，什么都看不出来。我的岳母，就是我妻子的母亲，同样什么也看不清。"

科瓦廖夫喜出望外。

"它在哪里？在哪里呀？我马上就赶过去。"

"别担心。我知道您很急需，就把它带来了。怪就怪在，这案件的主谋正是沃兹涅先斯基大街上的理发匠，这个骗子手现在已经被关在看守所里了。我早已怀疑他酗酒和盗窃，就在前天，他还从一家铺子里偷走了一副纽扣。您的鼻子倒还是原样。"

说着，巡长把手伸到衣袋里，掏出了用小纸片包着的鼻子。

"不错，正是它！"科瓦廖夫大喊一声，"确实是它！今天就请您同我一起喝杯茶吧。"

"本来不胜乐意之至，可是实在无法奉陪。我得从这里赶到感化院一趟……各种食品的价格大幅上涨……我家里过日子的有岳母，也就是我妻子的母亲，还有几个孩子。老大尤其大有希望：是个十分聪明的男孩子。可惜我根本没有钱供他上学……"

科瓦廖夫领悟到话中的用意，便从桌上抓起一张红钞票①，塞到巡长的手里。巡长两脚一碰行了个礼，转身走出门去。几乎与此同时，科瓦廖夫已经听到了他在街上的呵斥声，他正在抽一个呆笨的乡下人耳光，那人碰巧把大车赶到了人行道上。

巡长离去之后，八等文官数分钟内都处于神情恍惚之中，过了好一阵子才能看清东西，恢复了知觉：是意外的惊喜使他陷入了神志不清的状态。他用双手小心翼翼地捧起失而复得的

---

① 面值十卢布的纸币。

鼻子，再次仔细地端详了一番。

"不错，是它，确实是它！"科瓦廖夫少校说，"瞧，左边那个小疖子都还在，这是昨天才长出来的。"

少校高兴得差点儿笑出声来。

然而，人世间总是好景不长，所以欢乐的心情转瞬间便不那么热切了。再过一会儿，它变得更加微弱，最后则悄然化作平淡的心境，恰似一颗小石子所激起的涟漪，终将变成平静的水面。科瓦廖夫开始细加思量，忽然明白事情尚未了结：鼻子是找到了，可是还需要把它装上去，安放到原来的地方。

"要是装不上怎么办呢？"

少校面对自己给自己提出的难题，陡然间面色变得煞白。

他怀着难以名状的恐惧直奔桌前，将镜子挪到紧跟前，唯恐把鼻子装歪了。他一双手直打哆嗦，小心翼翼、慎之又慎地将鼻子安放到原先的位置。哎呀，糟了！鼻子粘不上去了！……他将其凑近嘴边，轻轻地哈气暖一暖，然后再次将其贴近面颊之间那个光溜溜的地方。可是，鼻子无论如何也固定不住。

"喂！喂！爬上去呀，笨蛋！"他对鼻子说道。可是鼻子像木头做成的一样，掉到桌子上时，发出木塞子般奇怪的声响。少校的脸疼挛地扭曲起来。"难道它就长不上去了吗？"他不胜惊恐地说道。然而，无论他多少次将鼻子放到原来的位置上，依旧是白费功夫。

他把伊万叫来，打发他去请医生。那医生就住在同一栋楼二楼的一套豪华住房里。此人是一位仪表堂堂的男子，蓄着漂亮、乌黑的络腮胡，还有一位精力充沛、身强体壮的太太。医生清早起来就须吃几个新鲜的苹果。他每天早晨几乎得花三刻钟，用五种不同的牙刷刷牙，始终保持口腔异常清洁。医生迅即到来。他询问这一事件发生了多久，托起科瓦廖夫少校的下巴，用大拇指弹了一下先前长着鼻子的地方。结果少校只得用力将脑袋往后一仰，后脑勺撞到了墙上。医生说，这不要紧，让他离墙远一点儿，先把头转向右边。医生摸了摸原先长着鼻子的地方，说了一声："嘿！"然后，再让他将头转向左边，又说了一声："嘿！"最后，医生再次用大拇指弹了他一下，科瓦廖夫少校不禁猛地一仰脑袋，仿佛一匹被人看牙口的马似的。做完这些试验，医生摇了摇头说：

"不，不行了。您最好就这样听之任之吧，因为可能越弄越坏。鼻子当然可以装上去，我现在装都行，可是我敢向您担保，那样对您更糟糕。"

"说得倒好！我怎么能一直没有鼻子呢？"科瓦廖夫说，"不可能有比现在更糟的情况吧。鬼知道这是一副什么怪模样！这么一副丑相，让我如何去见人呀？我交游又广：单说今天吧，我就得去参加两家人的晚会。我和许多人都很熟：五等文官夫人切赫塔列娃、校官夫人波德托钦娜……虽说她现在那样对待我，但我没有别的办法，只有通过警察局同她打交道了。您就行行好吧，"科瓦廖夫央求道，"有没有什么办法呀？好歹给我装上吧，哪怕不怎么好，只要留得住就行。万一不稳当，我还可以用手轻轻托住。再说，我又不跳舞，不至于不小心弄坏它。至于对您出诊的酬劳，您就放心吧，我一定竭尽所能地报偿……"

"请相信我，"医生说道，那声音不高不低，但十分恳切感人，"我为人治病绝不是出于贪财，这有违我的做人准则和医德。不错，我出诊也收费，但目的仅仅在于，别让人家因我的拒绝酬谢而感到过意不去。当然，我可以给你装上鼻子。可是，如若您不相信我的话，我愿意以自己的名誉向您担保，那样做的结果会糟糕得多。您最好还是顺其自然吧，多用凉水擦洗擦洗。我向您保证，虽说没有鼻子，您仍然会像有鼻子时一样健康。这个鼻子嘛，我劝您把它装到一个罐子里，用酒精泡起来，最好再加上两汤匙烈性伏特加酒和热醋——那样，您会靠它发上一笔大财的。如果您要价不高的话，我自己都想把它买下来呢。"

"不，不！无论如何我也不卖！"科瓦廖夫少校绝望地叫嚷道，"宁可让它丢失！"

"请原谅！"医生鞠躬告辞，"我原本想为您效劳的……可是毫无办法！至少您看到我已经尽力了。"

说罢，医生风度优雅地走出了房间。科瓦廖夫连他脸上的表情也没有看清楚，在极度的迷糊之中，只瞥见从黑色燕尾服袖子下露出的洁净得雪白的衬衣袖口。

他打定主意，第二天在呈递诉状之前写一封信给校官夫人，问她是否同意息讼和解，给予他应有的补偿。信的内容如下：

尊敬的亚历山德拉·格里戈里耶夫娜夫人：

我无法理解您的怪诞行为。请您相信，这样做，您得不到任何好处，也根本无法迫使我与您的女儿成亲。请您相信，有关我的鼻子的整个事件，我业已了解详情，确知此事您正是主谋，而并非他人所为。它突然脱离原地，四处逃亡，刻意伪装，时而冒充官员，时而又终于露出本相，其中别无任何原因，都是您或者像您一样从事高尚职业的人施行法术的结果。本人认为有责任预先告知您：如若上述鼻子今天仍不归位，则我不得不寻求法律的庇护。

　　谨此，顺致敬意。

您恭顺的仆人

普拉东·科瓦廖夫敬启

尊敬的普拉东·库兹米奇先生：

　　您的来信令我不胜惊讶。我得坦诚相告，受到您不公正的指责，纯全出乎我的意料。我要在此提醒您，我从未在自己家中接待过您所说的那位官员，无论他经过了伪装，抑或以真实的面目出现。不错，菲利普·伊万诺维奇·波坦奇科夫常来我家。尽管他的确一再向我的女儿求婚，而且他也是一位头脑清醒、学识渊博之人，但我从未给他任何希望。您还提到了鼻子的事。如果您是以此暗示嗤之以鼻，亦即我正式拒绝您的求婚，而且由您亲口说出这种话，着实令我惊讶。正如您所知道的，我的意见完全相反，如果您现在以合法的方式向我的女儿求婚，我准备立即满足

169

您的要求，因为这正是我一向最迫切的愿望。但愿我
能随时为您效劳。

亚历山德拉·波德托钦娜谨复

"不，"科瓦廖夫看完信后说，"的确不能怪她。那绝不可能！这样的信，一个犯罪的人是写不出来的。"八等文官在这方面很在行，因为早在高加索时他就曾多次奉派调查过案件。"这是怎么发生的？具体的经过如何？只有鬼才搞得清楚！"最后，他心灰意冷地说道。

与此同时，有关这桩咄咄怪事的风言风语已经传遍了整个京城，并且照例是添油加醋。那时候，大家都喜欢猎奇：不久以前，磁力作用的实验刚刚吸引了一阵公众的注意，加之御马厩街椅子跳舞的故事还在热炒，所以，随即又开始谣传八等文官科瓦廖夫的鼻子三点钟时在涅瓦大街上溜达，也就不足为奇了。每天都有许多好奇之人熙来攘往。有人说，鼻子好像正在容克商店里。于是，该店附近便人山人海、拥挤不堪，以致需要警察来干预。一个相貌堂堂、留着络腮胡的投机商人，一向在剧院门口售卖各种糖果点心，特意做了美观结实的木板凳，供好奇的人站上去看热闹，每人收费八十戈比。有位功勋卓著的上校特地一早离家，费尽力气才挤进人群。但是，令他极为气恼的是，在商店橱窗中所看到的并不是鼻子，而是一件普通的羊毛衫和一幅石印画，上面画着一个姑娘正在穿袜子，而一个身穿翻领坎肩、蓄着小胡子的服饰考究的人正打树后偷看她——这幅画挂在同一个地方已经十多年了。上校抽身离去，

气愤地说："怎么能用这样愚蠢而离奇的谣言来蛊惑人心呢?"

随后又纷纷传说,科瓦廖夫少校的鼻子并不是在涅瓦大街上溜达,而是在塔夫里达花园闲逛,似乎早就已经来到那儿了。还说,早在霍兹利夫－米尔扎①入住该花园之时,业已对这一咄咄怪事备感惊奇。有些外科学院的学生也赶赴那里。一位可敬的贵妇人特地致函花园管理人,请求让她的孩子们瞧瞧这一罕见的稀奇事——如若可能,还希望加上一些对于青年人富有教益、可资借鉴的解说。

所有这一切奇闻怪事,让那些喜欢给仕女们逗乐的上流社会的绅士——盛大晚会必不可少的常客们大喜过望。当时,他们的笑料储备已消耗殆尽。一位绅士愤怒地说,他不明白为什么在当今这样的文明时代竟然会散播如此荒诞不经的谎言,很奇怪政府为何对此不闻不问。显然,这位绅士属于正人君子之列。他们希望政府干预一切,甚至连他们与妻子的日常争吵也不应放过。之后呢……然而整个事件重又罩上了一层迷雾,后事如何已全然无从知晓。

三

人世间总会有荒唐至极之事发生。有时候毫无真实性可言:那个冒充五等文官、闹得满城风雨的鼻子,突然之间重又若无其事地出现在老地方,亦即科瓦廖夫少校的两颊之间。这已经是 4 月 7 日所发生的事了。他一觉醒来,不经意间瞥了一

---

① 波斯王子,1829 年曾到过俄国。

眼镜子，竟然看见了：鼻子！伸手一摸——的的确确是鼻子！
"啊哈！"科瓦廖夫欢呼了一声，高兴得几乎要赤着脚在房间
里跳起特列帕克舞①来了。可是，走进门来的伊万打搅了他。
他吩咐立即端洗脸水来，洗脸时再次照了照镜子：鼻子还
在呢！

"伊万，你来看看，我的鼻子上好像有个小疖子。"他说
话的同时心里也在想，"要是伊万说'没有呀，老爷，不但没
有疖子，连鼻子也没有啊'，那可就糟了。"

然而伊万却说：

"没有呀，没有什么小疖子，鼻子可干净了！"

"好吧，见它的鬼去吧！"少校自言自语，高兴得打了个
响指。正在此时，理发匠伊万·雅科夫列维奇往门里探头张
望，一副怯生生的模样，活像偷油吃刚刚挨了一顿揍的小猫。

"先说说，手干不干净？"科瓦廖夫老远就对他高声嚷嚷。

"干净得很。"

"你撒谎！"

"真的很干净，老爷。"

"好吧，你可要小心点儿。"

科瓦廖夫坐了下来。伊万·雅科夫列维奇给他围上布巾，
转瞬之间便用小刷子将他的胡子和半边脸涂得像商人过命名日
待客的奶油似的。

"原来是这样啊！"伊万·雅科夫列维奇瞧了一眼鼻子，

---

① 古俄罗斯的一种快速顿足的民间舞。

自言自语地说，然后将头扭到另一边，从侧面又瞅了瞅，"嘿！当然啦，是得小心点儿。"他接着说道，同时久久地望着鼻子。终于，他异常小心翼翼地轻轻伸出两个指头，捏住鼻尖。伊万·雅科夫列维奇给人修面的套路就是如此。

"喂，喂，喂，小心点儿！"科瓦廖夫大声嚷嚷。

伊万·雅科夫列维奇只得松开手，不知所措，露出一副前所未有的窘态。最后，他用剃刀细心地在胡子底下轻轻地刮了起来。虽说不捏住那嗅觉器官，他刮起来很不顺手，格外吃力，不过，他用自己那粗糙的大拇指勉强抵住科瓦廖夫的脸颊和下牙床，总算克服了种种困难，将脸刮完了。

一切停当之后，科瓦廖夫立刻急急忙忙地穿好衣服，叫了一辆马车，直奔糕点甜食店而去。刚一进门，他便远远地高声喊道："伙计，来一杯可可茶！"同时走到镜子跟前：鼻子还在呢！他兴高采烈地转过身来，微微眯起眼睛，面带讥讽的表情望了望两名军人——其中一个人的鼻子怎么也大不过坎肩的纽扣。随后，他前往那个一度为了谋求副省长职位、至少也捞个庶务官当而四处活动的官厅。经过接待室时，他瞧了瞧镜子：鼻子还在呢！接下来，他又驱车去见另一位八等文官或者说少校。那是一个最爱讥讽他人的人，科瓦廖夫听到他各种各样的挖苦时，总是回答说："唉，你这个人哪，我看简直是一枚刺针！"途中，他暗自寻思：如若少校见了都不致笑不可遏的话，那就是一个确凿的信号，说明无论什么东西都在原来的位置。然而，八等文官就像没事人似的。"很好，很好，那都是活见鬼了！"科瓦廖夫暗自思忖。半路上，他遇见校官夫人波德托钦娜和她的女儿，向她们鞠躬致意，她们报以欣喜的惊呼：可见什么事也没有，他身上没有任何缺损。他同母女俩聊了很长时间，并故意掏出鼻烟壶来，当着她们的面往两个鼻孔里塞了好久的鼻烟，并暗下决心："瞧瞧这娘儿们，简直是傻瓜蛋！我反正不会和你的女儿结婚，只不过是谈谈恋爱而已——就这样！"自此之后，科瓦廖夫少校便行若无事地在涅瓦大街，在各个剧院，在任随什么地方，四处游玩。鼻子也像什么事情也未曾发生过似的，照旧待在他的脸上，一点儿也没有东张西望、试图出走的样子。此后，人们看到科瓦廖夫少校总是兴致勃勃、满面春风，追逐所有的俊俏女人，有一次甚至在商场里的一家小铺门前驻足，不知何故买了一条勋章绶带，其实他本人从未得过任何勋章。

　　这就是发生在我们这个幅员辽阔的国家北方京城里的一件奇闻！不过，如今细加斟酌便可以发现，其中有着许多不足信之处。且不说鼻子居然会蹊跷而神奇地分离，并且伪装成五等文官招摇过市之类的事了，单是科瓦廖夫竟至不懂得报社不能刊登有关鼻子的启事这一点——怎么可能呢？我的意思倒不是说，我觉得登广告花费高昂。这倒不足挂齿，我绝非那种爱财如命之人。但是，这样做终归不体面、难为情、不成体统嘛！还有一点——鼻子怎么会出现在烤熟的面包里？伊万·雅科夫列维奇自己又怎么会……不，这种事我无论如何也无法理解，绝对无法理解！不过，最为奇怪、最不可理解的还是——作者们怎么可以选取诸如此类的题材？老实说，完全不可思议，简直是……不，不，我根本无法理解。第一，这对祖国毫无益处；第二嘛……就是第二也同样没有益处。我简直就不明白，这到底……

不过，尽管如此，当然还是可以假定是这种情况、另一种情况、第三种情况，甚至还可能是……得了吧，什么地方没有一点儿荒唐的事情呢？……然而，只要将这一切认真思索一番，就会觉得内中确有某种耐人寻味之处。无论什么人怎么说，大千世界此类事情总归是有的——尽管很少，但时有发生。

外套

　　在一个司里……最好还是不要具体指明是哪一个司吧。再也没有比五花八门的司、团、厅里的人——总而言之，各种各样有着一官半职之人——更爱动肝火了。现如今，但凡有个人样子的人都认为，有辱他个人就是有辱整个社会。据说，就在不久之前，一位有大尉军衔的县警察局长（我不记得究竟是哪个县的了），递交了一纸呈文。文中，他明确地申述：国家法令岌岌可危，他尊贵的名号公然被恣意提及。作为证据，他还为呈文附上了一部卷帙浩繁的言情作品，其中每隔十来页便有"大尉县警察局局长"现身。在有些地方，他甚至是一副烂醉如泥的丑态。因此，为了避免种种不愉快的事情，我们最好还是将此处所涉及的那个司叫作"某司"吧。且说某位官员在某司供职。该官员也算不上出类拔萃之辈：五短身材，有几颗麻子，头发略显棕红，看样子连视力也颇差，额头上有一小块白斑，两颊满是皱纹，那脸色活像个痔疮患者……有什么办法呢！怪只怪彼得堡的气候。至于官衔嘛（因为我们这里干什么都得先报官衔），他正是那种被视为永远有职无权的九等文官。众所周知，具有"惯于向毫无还手能力之人步步紧逼"的可嘉品性的各色作家，对这类芝麻官总是极尽嘲弄与奚落之能事。

这位官员尊姓巴什马奇金。单从字面上看，就知道它当初起源于巴什马克①。不过，它究竟是从什么年代、以何种方式由巴什马克转化而来，却也无从查考。无论父亲还是爷爷，甚而至于内兄内弟和所有巴什马奇金家的人，全都穿长筒皮靴，一年仅换两三次鞋掌。他的大名为阿卡基·阿卡基耶维奇。也许读者会觉得这名字有些古怪，别出心裁，但我可以担保，那绝不是挖空心思臆想出来的，而是自然而然演变到这一步，无论如何也不能另取一个名字了。事情的经过正是如此。如果没有记错的话，阿卡基·阿卡基耶维奇出生于 3 月 23 日临近午夜之际。已故的母亲身为官员之妻，是一位十分贤惠的妇人，准备按规矩为孩子在行洗礼时命名。她犹自躺在门对面的床

---

① "巴什马克"在俄文中意为"矮靿皮鞋"。

上，右首站着教父和教母。教父伊万·伊万诺维奇是个极好的人，在参政院任科长。教母阿林娜·谢苗诺夫娜·别洛布留什科娃是巡长的妻子，是一位具有稀有的美德的妇人。他们给产妇提供了三个名字，供她任选其一：莫基亚、索西亚，或者用殉道者霍兹达扎特的名字称呼这个孩子。"不行，"已故的母亲当时心想，"全都是些不怎么样的名字。"为了讨她喜欢，他们将日历翻到另一处，又出现了三个名字：特里菲利、杜拉和瓦拉哈西。"真讨厌，"老太婆说，"全都是些糟糕的名字。说真的，这么差劲儿的名字我还从来没有听到过。哪怕是瓦拉达特或者瓦鲁赫倒也罢了，偏偏是什么特里菲利和瓦拉哈西。"于是，又翻了一页，出现的却是：帕夫西卡希和瓦赫季西。"唉，我明白了，"老太婆说道，"看来命该如此。既然这样，干脆叫他父亲的名字好了。父亲叫阿卡基，儿子也叫阿卡基吧。"这样，就有了阿卡基·阿卡基耶维奇①其人。给孩子行过了洗礼。其时，他哭了起来，做出了一副苦相，仿佛已经预感到自己未来只能做个九等文官。事情的全部经过就是如此。

我们之所以这样交代，是为了让读者自己也意识到这是势所必然，根本不可能为他取一个别的名字。至于他是何年何月入职这个司，是何人所举荐，这就谁也记不起来了。无论更送了多少任司长和各级长官，人们始终看见他坐在老地方，采取

---

① 俄罗斯人的姓名由三部分组成：本名、父称、姓。父称意为某某之子或之女。

同样的姿势，担任同样的职务，一直是个抄抄写写的芝麻官儿，以至于后来人们都相信，他准是穿着这身制服、带着额头上的白斑现现成成地降生到这个世界上来的。

司里的人根本不把他放在眼里。他进门时，门卫不但不起立，而且连看也不肯看他一眼，仿佛一只普通的苍蝇飞过会客室似的。上司们对他冷漠而又专横。连一个副股长都总是将公文径直往他面前一塞，从不肯说一句文明机关中惯常的用语"抄一抄吧"、"这可是一份令人愉快的好活计呢"，抑或其他什么亲切的言语。于是，他也就一律收下，只盯着公文，瞅也不瞅一眼是谁交给他的，也不管那人是否有这个权力。他把公文一拿到手里，便立即开始抄写。年轻官员们尽情卖弄小公务员的油嘴滑舌，嘲笑和挖苦他，当着他的面大讲而特讲凭空编造的有关他的各种故事：讲他与七十岁的房东老太婆的逸闻，说她经常打他；他们还问他们俩何时结婚，并把碎纸屑撒到他头上，美其名曰下雪。然而阿卡基·阿卡基耶维奇对此不置一词，仿佛他面前空无一人。这甚至未能影响他的工作：尽管经受了种种烦扰，他却不曾抄错过一个字。除非玩笑开得实在让人难以忍受——他们推搡他的胳膊，妨碍他干活儿的时候，他才会说："请别老是缠着我了，你们干吗要欺负我呀？"在这些话里以及说话的声调中，蕴含着某种异乎寻常的东西。从这种声音里，可以听出一种令人怜悯的意味。结果，一个入职不久、一度效仿别人讥讽过他的年轻人，突然像被刺痛了似的，从此在他面前事事都俨然一改常态，变得完全两样。某种神奇的力量让他疏远了他的那些同僚，他结识这些人时曾将其视作体面的上流社会人士。在以后的很长一段时间里，每逢最欢乐的时刻，他总会浮想起那个身材矮小、额头上有块白斑的官员以及他那触痛人心的话："请别老是缠着我了，你们干吗要欺负我呀？"在这痛彻肺腑的两句话里，还可以听出另一句话："我可是你的兄弟啊！"结果这个可怜的年轻人于心不忍，不禁以手掩面。日后在他的一生中，每当看到人身上有那么多丧尽天良的品性，在温文尔雅、知书达礼的上流社会人士之中……天哪！甚而至于在那些被上流社会推崇为高尚、正直的人身上，竟然隐藏着如此之多的凶残暴戾的秉性——每当此时，他屡屡为之战栗……

　　未必能在什么地方再找到像他这样忠于职守的人了。说他尽职尽责，这还嫌不够——不，他完全是怀着满腔的爱意在供职。在终日的抄抄写写之中，他看到了自己的一片多姿多彩、赏心悦目的世界，愉悦之情显露在他的脸上。有几个字母他最为钟爱，一接触到它们，他就难以自已：又是莞尔而笑，又是挤眉弄眼，还用嘴唇的动作助力，因此从他的脸上大致可以判断出他笔下正在写的任何一个字母。如果根据他的勤勉程度论功行赏，他甚至有可能当上五等文官，连他自己也会感到惊奇。然而，正如他那些刻薄的同僚所说，他所挣得的唯有两袖清风，胯下还坐出了痔疮。不过，也不能说全然无人留意过他。有一位司长，是个好心肠的人，想嘉奖他多年的服务，便指示给他安排一个比整天抄写更为重要的工作，就是让他根据已办结的公事草拟一份转送另一部门的公文。需要做的只是变换一下上款，再将动词的第一人称改为第三人称。这让他煞费周章、汗流浃背。他不断地擦拭额头的汗珠，终于说道："不行，最好还是让我抄写点儿什么东西吧。"从此以后，人家也就让他一直抄抄写写了。对他而言，除了抄写，似乎什么东西都不复存在。他从不属意于自己的衣着：他的制服已经不是绿色的，而是近乎红褐而带灰的颜色了。他的衣领又窄又低，结果，虽说他的脖子并不长，却从领子里耸了出来，显得格外地长，活像侨居俄国的外国小贩那数十枚一起顶在头上的摇头晃脑的石膏小猫的脖颈。而且，时常有一些东西粘在他的制服上：不是一截干草，就是一段线头。另外，他具有一种特殊的本领：每当他走在街上，路过窗下之时，恰好赶上人家正从窗口抛掷五花八门的垃圾，他的帽子上便总有西瓜皮、香瓜皮之类的脏东西。他一辈子从不留意街上每天发生的事情，而众所周知，与他共事的年轻官员们却总是对此予以关注。他们那敏锐的目光明察秋毫，甚至能发现街对面人行道上有人的裤脚套带断开了——这常常让他们面露狡黠的笑容。

可是，阿卡基·阿卡基耶维奇即便眼瞧着什么，他所看见的也全是他用整洁的笔迹所写成的一行行文字，除非不知从何而来的一匹马将头搭在他的肩上，鼻孔所呼出的猛烈气流直喷到他的面颊上时，他才会发觉自己并不是在字里行间，而是近乎置身于街心。一回到家中，他当即坐到桌旁，狼吞虎咽地喝完白菜汤，吃掉一小块葱煎牛肉，全然食而不知其味，连带着苍蝇和但凡其时落到他嘴边的一切东西都统统咽下。他感觉到肚子填饱了，便从桌旁站起身来，取出一瓶墨水，动手抄写带回家来的公文。如若没有待抄的公文，他就特意誊写一个副本以自娱自乐，尤其是该公文的突出特点并不在于文笔优美，而是要呈送给某位新贵或政要的时候。

即便在这样的时刻：其时彼得堡灰蒙蒙的天空完全晦暗了下来，所有的官员都已根据自己薪俸的多少和个人喜好吃饱喝足。这时，司里所有笔下的唰唰之声业已停歇，再忙碌的人都已干完自己和外人的必要事务甚而自愿揽下的各种额外活计。这时，官员们都急于享受余暇的时光。麻利一些的人赶往剧院。有的人去逛大街，借机观赏帽檐下女人们的脸蛋儿。有的人去参加晚会，借着奉承某些官员小圈子内的明星、颇有几分姿色的一个女人，来消磨时光。更多的人则随意去同事家串门。这些人大都住在四楼或三楼，有两个不大的房间，连带前厅或厨房，摆设着追求时髦的物品，诸如洋灯抑或其他某些全靠省吃俭用、牺牲各种娱乐而换得的玩意儿。总而言之，即便在所有的官员都纷纷坐在自己朋友的小小住所里玩惠斯特牌，就着廉价的干面包啜茶，咂着长长的烟管吞云吐雾，趁发牌之机讲一讲俄国人随时随地都百听不厌的涉及上流社会的流言蜚语，甚或无话可说之际，便三番五次地翻炒那个老掉牙的关于卫戍司令的趣闻：有人报告说，法尔科内①雕塑的纪念像上的马尾巴被人砍掉了——总而言之，即便在大家都尽情消遣的时候，阿卡基·阿卡基耶维奇也从不热衷于任何娱乐。谁也说不出，多会儿曾在哪个晚会上见过阿卡基·阿卡基耶维奇。他抄

---

① 法尔科内（1716—1791），十八世纪法国雕塑家，彼得堡的彼得大帝纪念像（青铜骑士）系其作品。

写够了，便躺下睡觉，一想到明天，不禁喜笑颜开：届时上帝又会赐予一些东西供他抄写了吧？一个薪俸仅四百卢布却乐天知命的人的日子，就这样平平静静地过着，并且可能会一直这样过到老迈之年——如若不仅仅是九等文官，甚而至于三等、四等、七等以及其他各种文官，直至那些与世无争、随波逐流的官员们的生活道路上都并不多灾多难的话。

在彼得堡，那些年薪四百卢布或者与此相近的人都有一个劲敌。这个敌人不是别的，正是我们北国的严寒，虽然也有人说它大大有益于健康。早上八点多钟，正是去衙门上班的人熙来攘往之际，它便开始不分青红皂白地对所有人的鼻子猛扎猛刺起来。可怜的官员们简直不知道该将鼻子藏到何处为好。此时此刻，即便身居高位的衮衮诸公也冻得额头生疼、眼泪汪汪，可怜的九等文官们更是一筹莫展。唯一的对策就是：裹紧单薄的外套，尽快跑过五六条街，然后在门房中使劲儿跺脚，直至以此将途中被冻结了的履行公务的能力和才干消融为止。一段时间以来，阿卡基·阿卡基耶维奇开始感觉到脊背和一个肩膀尤其寒冷彻骨，尽管他一直力争尽快地跑过那段无可回避的距离。最后他才想到，是不是他的外套出了什么问题。回到家里，他仔细检查了一番才发现，外套上恰巧脊背和肩膀处的两三个地方，已经纯粹只剩下稀稀拉拉的一层棉布了：呢子面料早已磨穿，里子亦已开了线。需要说明的是，阿卡基·阿卡基耶维奇的外套也早就成了官员们嘲讽的对象。他们甚至连"外套"这一高贵的名称都予以剥夺，只把它叫作"长衫"。它也的确有着一种奇特的构造：领子逐年缩小，因为一点一点裁下去缝补其他的部分了。裁缝的手艺不怎么样，结果弄得外套臃肿难看。阿卡基·阿卡基耶维奇看出了这个毛病，只得去找另一个裁缝彼得罗维奇。此人住在一处从后门的楼梯出入的四楼上，虽说是个独眼龙，满脸的麻子，但是缝补官员们和其他各界人士的裤子和燕尾服着实很高明——不用说，必须是在他并未喝醉酒而且脑子里没有胡思乱想的时候。关于这位裁缝的事，当然不应当太过絮叨，但是现在已经成了一种通例，小说中每个人物的性格都必须详加刻画，因而毫无办法，我们在这里还得将彼得罗维奇叙说一番。起初，大家都简单地叫他格里戈里，因为他是一位老爷家的农奴。自从他获得了自由证①之后，人们就称呼他为彼得罗维奇了。他开始饮酒了，每逢节日便一醉方休。起初在重大节日才狂饮，后来凡是宗教节日，不分大小，只要日历上有个十字符号那天，都要痛饮一场。就这方面而言，他倒是谨守祖祖辈辈的习俗的：与老婆吵起嘴来，常常骂她是粗俗婆娘和德国娘儿们。既然我们已经提到了他老婆，那么她的情况也应该说上两句。不过遗憾的是，她的事情我们知之甚少，只知道彼得罗维奇有个老婆，老是戴一顶包发帽②，不包头巾。至于姿容，她似乎无足夸耀，至少在人们遇到她时，只有近卫军士兵才往她的帽檐下瞟上两眼，然后翘一翘胡子，发出一声怪叫。

通向彼得罗维奇家的楼梯上，说句公道话，满是脏水和污

---

① 旧俄时代农奴获得自由人身份的证书。
② 十八至十九世纪常见的女帽，有带结于颔下。

渍，并散发出刺鼻的酒精气味。众所周知，这种气味与彼得堡所有房屋的后门楼梯密不可分。阿卡基·阿卡基耶维奇上楼梯时即已在思量彼得罗维奇会要价多少，暗下决心付款不能超过两卢布。门是敞开的，因为女主人正在烹制什么鱼。厨房里烟雾迷漫，连蟑螂都看不清了。阿卡基·阿卡基耶维奇经过厨房时，女主人竟然不曾发觉。最后，他走进一个房间，看见彼得罗维奇像土耳其总督似的盘着双腿，坐在一张宽大的没有上漆的木头桌子上，按照裁缝们坐着干活儿的习惯，打着赤脚。首先映入阿卡基·阿卡基耶维奇眼帘的是一根大拇指。这是他再熟悉不过的了：指甲残缺不全，像乌龟壳一样又厚又硬。彼得罗维奇脖子上挂着一桄丝线和棉线，膝盖上铺着一块破布。他往针眼里穿线，已经两三分钟了仍未穿上，因而对昏暗的光线大为气恼，甚至迁怒于棉线，不断地低声嘟哝："这个泼妇，还不肯进去！你可把我害苦了，大坏蛋！"阿卡基·阿卡基耶维奇感到很不遂意的是，他这一趟来正赶上彼得罗维奇在生气：他喜欢趁彼得罗维奇喝得已有几分醉意时，亦即其老婆所说的"独眼龙灌饱了黄汤"之际，向其定做某种活计。彼得罗维奇处于此种状态之时，通常都十分乐意让价成交，甚至次次都鞠躬致谢。诚然，事后他老婆往往会来哭诉一番，说丈夫喝醉了，因而要价太便宜了，不过一般都是再添上十戈比，事情也就搞定了。而此刻呢，彼得罗维奇似乎处于清醒状态，所以很固执，不太好说话，鬼知道他会要多高的价钱。阿卡基·阿卡基耶维奇考虑到了这一点，本想像俗话所说的那样，打退堂鼓，然而事已至此，来不及了。彼得罗维奇眯缝着那只独眼，死死地盯住他，阿卡基·阿卡基耶维奇只得开口说道：

"你好，彼得罗维奇！"

"祝你也好，先生！"彼得罗维奇说罢，用那只独眼瞟了瞟阿卡基·阿卡基耶维奇的手，想判定此人带来的是何种买卖。

"我到你这儿来，彼得罗维奇，是那个……"

需要交代一下，阿卡基·阿卡基耶维奇说起话来用的大多是前置词、副词，还有那些根本没有任何意义的语气词。要是事情很难办，甚至习惯于连一句话都不说全，那么他很多时候都是以这样一些词语开口说话："这个，真是的，那个……"接下来，就全然没了下文，连他自己也忘了个精光，还以为话都说完了呢。

"怎么回事呀？"彼得罗维奇说着，用他的独眼将制服仔细检查了一番，从领子开始，一直看到袖口、后身、下摆和扣眼儿——这一切他都十分熟悉，因为那全都是他自己的活计。裁缝们的习惯向来如此，这是一见面他们要做的第一件事。

"我嘛，那个，彼得罗维奇……外套呢，呢子……你瞧这儿，别的地方都还很结实，就是沾上了一些灰尘，看起来好像旧了。可它是新的，只不过有个地方有点儿那个……背上，还有这个肩膀上，有点儿磨破了。就在这个肩膀上，不太厉害——你瞧，就这些了。活儿并不多……"

彼得罗维奇接过外套，先将其铺到案子上，仔细察看了好长时间，摇了摇头，伸手到窗台上取了一个圆圆的鼻烟壶，上面有一位将军的肖像，但不知究竟是哪一位将军，因为面部那个地方已经被手指戳破了，事后用一小块方形的纸片贴住了。彼得罗维奇闻了点儿鼻烟，双手将外衣撑开，对着光线仔细观察了一阵，又摇了摇头。随后，他将外套翻过来，里子朝上，再一次摇头，重新打开画着将军像、贴有纸片的鼻烟壶的盖子，往鼻子里塞了一些烟末，收拾好鼻烟壶，这才说道：

"不行，没法儿修补了，这衣服糟糕透了！"

听了这话，阿卡基·阿卡基耶维奇的心紧缩了起来。

"怎么不行呢，彼得罗维奇？"他几乎是用孩子求人的声音说，"只不过肩膀上才磨破了那么一点儿嘛，你这儿零碎布料有的是呀……"

"零碎布料倒是可以找找，也找得出来一些，"彼得罗维奇说，"可是缝不上去呀——衣裳全都朽了，针一碰，它就会破的。"

"破就破吧，你可以马上又打补丁嘛！"

"可是，没地方打补丁呀！根本固定不住，磨损得太厉害了。说起来是呢子，可吹一口气都会散掉的。"

"咳，你就缝一缝吧。怎么能这样呢？实在是太那个了！……"

"不行，"彼得罗维奇斩钉截铁地说，"毫无办法。这衣裳糟透了。你还不如在冬天天冷的时候把它当裹脚布倒好些，因为袜子并不暖和。袜子这玩意儿是德国人发明的，为的是多捞些钱。"彼得罗维奇一有机会，就喜欢挖苦挖苦德国人，"不过，外套嘛，看来您只好做一件新的了。"

一听到"新的"二字，阿卡基·阿卡基耶维奇顿时两眼发黑，房间里所有的东西都变得模糊起来。他唯一能看清的只有彼得罗维奇鼻烟壶盖子上那幅面部贴了纸片的将军像。

"为什么要做新的呢？"他说，依然仿佛是在梦中，"我可没有这笔钱啊！"

"是呀，得做新的，"彼得罗维奇冷酷无情、无动于衷地说。

"嗯，要是必须做一件新的，好像它那个……"

"您是说'得花多少钱'吗？"

"就是的。"

"得花一百五十多卢布吧。"彼得罗维奇说，同时意味深长地抿紧了嘴唇。他特别喜欢说起话来能取得强烈的效果，总爱想方设法让对方极度作难，然后再斜眼瞅瞅被难为的人听了这番话之后会露出一副什么样的狼狈相来。

"一百五十卢布一件外套呀！"可怜的阿卡基·阿卡基耶维奇惊呼了起来。也许，这是他有生以来头一遭高声大嗓地说话，因为他向来都是以轻声细语著称的。

"是呀，"彼得罗维奇说，"还得看是件什么样的外套。如若领子加上貂皮，风帽用绸缎做衬料，那就得花两百卢布了。"

"彼得罗维奇，劳你的驾，"阿卡基·阿卡基耶维奇用央求的声音说，没听清也无心去听清彼得罗维奇所说的话，不顾他要的那些效果，"你就想办法补一补吧，哪怕多少再能穿一阵子也好啊！"

"不行，这样做的结果准是：白费功夫，也白浪费钱。"

彼得罗维奇说道。而阿卡基·阿卡基耶维奇听罢这番话，只得极度灰心丧气地出门而去。

彼得罗维奇在他离开之后，又站了好一阵子，意味深长地抿着嘴唇，并未着手干活儿。他感到满意的是，既未降低身价，也没有辱没裁缝的手艺。

来到街上，阿卡基·阿卡基耶维奇恍若身在梦中。"事情居然会是这样！"他自言自语地说，"我真没料到，结果成了那个……"沉默了一会儿之后，他补充说道："原来如此呀！最后的结果竟然成了这样，真是的！我完全想不到，事情会是这个样子。"随即，又是长时间的沉默，然后他才又说道："是这个样子！简直像是，真的，怎么也想不到，那个……这怎么也……这么一种情况！"说罢这番话，他并没有回家，而是朝完全相反的方向走去，自己却不曾察觉。途中，一个浑身上下脏透了的扫烟囱的工人侧身碰了他一下，将他一边的肩膀全都蹭黑了；从在建的一座楼房顶上掉下来一大团石灰，正好撒在他的身上。他对此毫无觉察，直到后来一头撞上一个将戟放在身边、正从角形烟盒里往长满老茧的手掌上倒鼻烟的岗警之时，方才稍稍清醒了一点儿。就连这也多亏岗警朝他大喝了一声"干吗往人身上撞，你就不会走人行道吗"，才终于迫使他环顾了四周一番，转身朝家里走去。到了家，他这才着手清理纷繁的思绪，看清了自己真实的处境。他又开始自言自语起来，不过已经不是断断续续地，而是有条有理、开诚布公地讲，像是在与一个可以推心置腹的朋友倾诉最由衷和私密的事情。"嗯，不行，"阿卡基·阿卡基耶维奇说，"现在不能和彼得罗维奇去讲：他现在那个……看样子刚刚被老婆揍了一顿。我最好是星期天早上再去找他——过了星期六这一晚，他准会斜着眼睛看人，因为睡得太久了，需要喝几杯醒醒酒，而老婆却不肯给钱。这时候我就……塞到他手里十戈比，他也就好说话了。到时候，外套嘛……"阿卡基·阿卡基耶维奇这样私下里盘算了一番，让自己振作起来。一直等到下一个星期天，老远看见彼得罗维奇的妻子走出家门，上什么地方去了，这才赶快去找彼得罗维奇。过了一个星期六，此人果然眼睛斜得厉害，耷拉着脑袋，一副睡得迷迷糊糊的模样。可是，尽管如此，他刚一得知对方的来意，便宛如被鬼一把推醒了似的。"不行，"他说道，"请你定做一件新的吧。"阿卡基·阿卡基耶维奇立即塞给他十戈比。"谢谢您，先生，我一定为您的健康干上一杯，"彼得罗维奇说，"可是外套的事嘛，您就不必劳神费力了：它根本就不管用了。新外套我一定给您做得漂漂亮亮的，咱们一言为定。"

阿卡基·阿卡基耶维奇还想说修补的事，但彼得罗维奇没等听完，就说道："我一定给您缝一件新的。您尽管信赖我好了，我会尽心尽力的。甚至可以做成流行的样式：领口用包银的钩子来扣。"

这时候，阿卡基·阿卡基耶维奇意识到，不做新外套是不行了，便彻底气馁起来。真是的，怎么办呀？靠什么？哪儿来的钱去做呢？自然，一部分可以指望未来的节日赏金，但是这笔钱早就提前派上了用场，瓜分完了。需要做一条新裤子，把鞋匠给旧靴子换新靴头的欠账还清，还得向女裁缝定做三件衬衫和两件不宜形诸笔墨的那种内衣——总而言之，所有的钱都会彻底花光。即便是司长大发善心，不是发四十卢布赏金，而是发四十五或者五十卢布，剩余的钱也仍然微不足道，比起做外套的款项来，不过是沧海一粟罢了。当然了，他也知道彼得罗维奇一向爱突发奇想，喜欢漫天要价，连他老婆都往往忍不住要大喊："你是不是疯了？你这个大傻瓜！有时候分文不取就把活儿揽下来，现在又鬼迷心窍地要这么高的价钱，连你这个人都值不了这么多钱！"当然，他明白，即使花八十卢布彼得罗维奇也是肯做的。可是，到哪儿去弄到这八十卢布呢？这个数目的一半倒还可以凑一凑。就算凑足了半数，甚或略多一些，可那另一半又到哪儿去找呢？……不过，读者首先还应该知道这头一半来自何处。

　　阿卡基·阿卡基耶维奇有一个习惯：每花掉一卢布，就将一枚半戈比的铜币投入一个上了锁的、盖子上有个投钱孔的小匣子里储存起来。每过半年，他便检点一番积攒起来的铜币，将其换成小银币。长期以来，他一直持之以恒，结果数年间所积蓄的款项已超过四十卢布。这样，半数算是到了手。然而，那另外一半又到哪儿去张罗？还有四十卢布怎么才能凑够呢？阿卡基·阿卡基耶维奇想了又想，最后决定，至少在一年之内必须减少日常的开销：每天傍晚不再喝茶，夜里不再点蜡烛，如果需要做什么事情，就去女房东的房间借她的光；走在街上，脚踏石块和石板时要尽量轻一些、小心一些，几乎踮着脚尖走，这样鞋底就不会磨损得太快；尽量少将衣服交给洗衣女工去洗——为了不致脏得太快，每天回到家里就脱掉内衣，只穿那件已年深日久却依然完好的厚棉布长衫。得说实话，一开始他对这种种限制颇难适应，不过后来也就逐渐习惯了，顺其自然了。他甚至对每天晚上饿着肚子也完全习以为常。虽然这方面可以从精神上加以弥补，但他始终念念不忘那件未来的外套。

自此之后，他的日子仿佛过得充实了一些，仿佛他已经结了婚似的，似乎有另外一个人陪伴着他。似乎他并不是单身一人，而是有了一个可爱的生活伴侣愿意与他共同走过人生之路——这个伴侣并非哪一个女人，正是那件絮着厚厚的棉花、衬着久穿不坏的结实里子的外套。他变得稍许活跃了一些，甚而性格也坚强了一些，好像成了一个已经辨明方向、确定了目标的人。犹豫不决、优柔寡断——总之，一切动摇不定、模棱两可的特征，都从他的脸上和行动中自然而然地消失不见了。他的眼睛里有时也会闪现出激情之火，头脑中甚至会掠过一些果断而勇敢的念头：是否真的该给领子加上貂皮？这类想法几乎搅得他精神恍惚。有一次抄写公文时差点儿出错，吓得他几乎"哎呀"一声惊叫起来，连忙画了个十字。

每个月，他都至少要去见彼得罗维奇一次，商谈做外套的事，打听在什么地方买呢料为好，要什么颜色，价格如何。尽管不无担心，但他却总是满意地回到家里，心想终归有一天会买齐所有这些材料，做成一件新外套。事情的进展甚至比他所期望的还要快。完全出乎意料，司长奖给阿卡基·阿卡基耶维奇的不是四十或四十五卢布，而是整整六十卢布。也不知道司长是预感到阿卡基·阿卡基耶维奇需要做一件外套呢，还是出于巧合，反正他手里多出了二十卢布。这一情况加快了事情的进展。

又忍饥挨饿了两三个月，阿卡基·阿卡基耶维奇果真积攒了八十卢布左右。他那颗一向平静的心开始剧烈地跳动起来。当天他就和彼得罗维奇一起去商铺，买了一块上好的呢料——这倒不足为怪，因为他们半年之前即已在谋划此事，几乎每个月都要去各家商铺比较价格。所以，彼得罗维奇自己也说，没有比这更好的呢料了。衬料他们选了一块细棉布，可是质地极好，坚固耐用，照彼得罗维奇的说法就是，比丝绸还要好，甚至外观也更好看，更有光泽。貂皮倒是没有买，因为实在太贵了。取而代之的是，他们在一家铺子里挑得了一张极好的猫皮，远远看上去都会将其当作貂皮。

彼得罗维奇为这件外套忙活了整整两个星期，因为许多地方都需要用线绗好，否则早就完工了。工钱嘛，彼得罗维奇收了十二卢布——再少就无论如何也不行了。整件衣服都是用丝线缝的，以细密的针法双线缝合，然后彼得罗维奇还用自己的牙齿把每道缝儿咬了一遍，咬出各式各样的花纹。

这是在……很难确切地说是在哪一天，但肯定是阿卡基·阿卡基耶维奇一生中最为隆重的一天，彼得罗维奇终于将外套送来了。他是一大早赶在阿卡基·阿卡基耶维奇需要去司里上班之前送来的。其他任何时候送来外套都不如现在这样合时宜，因为相当严寒的天气业已开始，而且看来还有更为加剧的危险。彼得罗维奇及时将外套送上门来，不失为一个好裁缝。他的脸上显现出一种极为意味深长的表情，那是阿卡基·阿卡基耶维奇还从未见过的。似乎他充分意识到自己做了一件了不起的事情，一下子就在自己身上显示出了那些只会垫个衬里和修修补补的裁缝与自始至终缝制整件衣服的裁缝之间的天壤之别。他从一路用来提外套的手帕里取出了外套。手帕是刚从洗衣女工那里拿来的，他随手叠好，放入口袋里备用。取出外套之后，他颇为自豪地观赏了一番，双手提着，十分灵巧地披到阿卡基·阿卡基耶维奇的肩膀上。接着，他用手抚平并从背后往下抻了抻，然后让阿卡基·阿卡基耶维奇裹好外套，略微敞着前襟①。阿卡基·阿卡基耶维奇作为一个上了年纪的人，想试一试袖子。于是，彼得罗维奇便帮他将胳膊伸进袖子里——结果，穿上袖子也挺好的。总之，外套显得十全十美，正好合身。彼得罗维奇不失时机地借此表白了一番，说仅仅是因为他住在小街上，也没个招牌，加之早已认识阿卡基·阿卡基耶维奇，所以收费才如此低廉——若是在涅瓦大街上做这样一件外套，单是手工费就可能得收七十五卢布。阿卡基·阿卡基耶维奇不想与彼得罗维奇谈论此事，并且怕听彼得罗维奇总爱虚张声势地胡吹的那些高得离谱的价目。他与他结清了账，表示了谢意，便立即穿上新外套出门到司里上班去了。彼得罗维奇也紧随其后出了门，还站在街上，从远处将那件外套望了许久。随后，他又特地拐到一旁，穿过一条弯弯曲曲的小巷，重新赶

---

① 当时外套（大衣）的着装习惯是：年轻人常将其披裹在身上，前襟仅系一两颗扣子，从而半敞；老人则将两臂伸入袖筒，成为名副其实的"穿"。

到街上，从另一个方向，亦即从正前方，再次观赏自己做的外套。

　　此时，阿卡基·阿卡基耶维奇则怀着节日般的欢快心情款款行进。他每时每刻都感觉到肩上有一件新外套，因而按捺不住内心的喜悦之情，有几次甚至笑了起来。实际上也确有两大好处：一是穿着暖和，再则通体舒服。他根本没有在意脚下的道路，不知不觉之中便突然来到了司里。他在门房脱下外套，上上下下端详了好一阵子，并嘱托看门人小心加以照管。不知怎的，司里的人一下子全都知道了，阿卡基·阿卡基耶维奇有了一件新外套，旧长衫已不复存在。大家立刻跑到门房去看阿卡基·阿卡基耶维奇的新外套。人们纷纷祝贺他，恭喜他。一开始，他只是微笑，随后竟然不好意思起来。当大家拥到他面前，说应该为新外套大宴宾客，至少也得为大伙儿举办一次晚会之时，阿卡基·阿卡基耶维奇全然张皇失措，不知该怎么办、作何回答，又该如何推托。几分钟过后，他才满面通红、十分天真地开口向人们保证，说这根本不是什么新外套，千真万确，只不过是一件旧外套而已。最后，有一个官员，并且还是什么科的副科长，大约是为了显示自己绝非自高自大之人，甚至不吝与下属交往，当场说道："这样吧，我来替阿卡基·阿卡基耶维奇举办一次晚会，请诸位今天光临舍下茶叙——今天正好是本人的命名日。"众官员自然当即向副科长致贺，并欣然接受邀请。阿卡基·阿卡基耶维奇本来已开始推辞，可是大家纷纷劝说，认为这有失礼貌，简直是不识抬举，结果他怎么也无法拒绝。不过，随后他想到晚上也可以借此机会穿上新外套炫耀一番，便又高兴了起来。

对阿卡基·阿卡基耶维奇而言，这一整天真的成了最盛大的节日。他满怀幸福之感回到家里，脱下外套，小心翼翼地挂到墙上，再次对呢子面料和衬里尽情欣赏了一番，然后特意将先前那件整个脱了线的旧长衫取出来进行对比。他瞅了瞅长衫，连自己都笑了起来：真是天差地远啊！吃饭的时候，一想到长衫的那副破旧模样，他便哑然失笑。他高高兴兴地吃完了饭，饭后什么也没写，任何公文也没抄，趁天还没黑，躺到床上享受了一番。然后，他毫不迟疑地穿好衣服，披上外套，出门来到了街上。

遗憾的是，请客的那位官员究竟住在哪里，我们可说不上来。我们的记忆力变得越来越差，彼得堡的一切——所有的街道、房屋，在脑子里都混到了一起，乱成了一团，从中很难理出什么头绪。但无论如何，至少有一点可以肯定，那位官员住在全城最好的地区，所以离阿卡基·阿卡基耶维奇的家很远。首先，阿卡基·阿卡基耶维奇必须走过几条灯光暗淡、冷冷清清的街道。不过，越是接近那位官员的住所，街道就变得越热闹，居民渐趋稠密，灯光更加明亮。行人频频闪身而过，开始遇见衣着华丽的女士和身穿海狸皮领服装的男人，赶着装有木栏、金色钉子密布的小雪橇的马车夫则越来越少。与此相反，触目皆是头戴深红色丝绒帽，赶着油漆光鲜、铺了熊皮毯子的雪橇的彪悍车夫。驭者台都经过精心装饰的一辆辆四轮轻便马车从街上疾驰而过，车轮在雪地上嘎吱作响。

阿卡基·阿卡基耶维奇目睹这一切，备感新奇。他已经有数年不曾在晚间上街了。他在一家商店灯火通明的窗前驻足，好奇地观看一幅画——画的是一个漂亮女人正在脱鞋，从而露出了整条十分俊美的腿；而在她的背后，一个满脸络腮胡子、唇下留着好看的山羊胡的男人，则从另一个房间的门洞里探头窥视。阿卡基·阿卡基耶维奇摇了摇头，笑了笑，然后继续走自己的路。他为何要笑呢？是因为遇见了自己感到全然陌生，但终究每个人内心都对其有些敏感的事物呢，还是因为他也像别的许多官员那样思量"唉，这些法国人呀！说什么好呢？他们若是想要什么，就准定会……"？不过，也可能他连这些也不曾想过，因为你不可能钻到别人的脑子里，弄清他们所想的一切事情。

终于，他抵达了副科长所住的那座楼房。副科长的日子过得很阔绰。楼梯上亮着灯，他的住所就在二楼上。阿卡基·阿卡基耶维奇走进前厅，看见地上摆着好几排套鞋。套鞋之间的屋子正中，立着一个茶炊，正在咻咻作响，冒出一团团蒸气。墙上挂满了外套和斗篷，其中有些甚至是带貂皮领和丝绒领的。墙那边传来欢声笑语。当房门打开，仆人端着放有空杯子、乳脂罐和面包篮的托盘走出来之际，这些声音顿时变得清晰、响亮起来。显然，官员们早已齐集，喝过了头一道茶。

阿卡基·阿卡基耶维奇自己将外套挂好，走进屋子。蜡烛、官员、烟斗、牌桌猛然间同时出现在他眼前，四面八方瞬间响起升高了的说话声和挪动椅子的嘎嘎声，震得他的耳膜嗡嗡直响。他十分尴尬地站在屋子中间，犹豫不决，不知怎么做才好。不过，人家已经发现了他，叫喊着欢迎他，于是大家立刻拥进前厅，重又欣赏起他的外套来。阿卡基·阿卡基耶维奇虽然有点儿难为情，但他是个坦诚之人，看到大家夸赞外套，他不可能不感到高兴。随后，大家自然是将他和外套都弃置不顾，照例转身回到打惠斯特牌的牌桌旁边去了。喧哗声、说话声、成堆的人——所有这一切在阿卡基·阿卡基耶维奇的眼中都显得十分怪异。他全然不知如何是好——手脚和整个身子该往何处措置。最后，他坐到玩儿牌的人身边看人家打牌，瞅瞅这个人的脸，望望那个人的脸，不多一会儿就哈欠连连，备觉无聊。更重要的是，早已到了他平日就寝的时候了。他想与主人告辞，人家却不放他走，说一定得喝杯香槟以庆贺他添置了新外套。

过了一小时，晚餐上桌了，有凉拌菜、冷盘小牛肉、酥皮馅饼、甜点心和香槟酒。阿卡基·阿卡基耶维奇被迫喝了两杯酒，其后他感到房内变得更热闹了，可他依然怎么也忘不掉已经十二点了，早该回家了。为了让主人不至于再次挽留，他悄悄走出房间，在前厅里发现外套掉到了地上。他不胜心疼，拾起来抖了抖，摘去每一根绒毛，披到肩上，下楼来到街上。

街上依旧灯火通明。几家小店铺——对仆人和各色人等昼夜营业的俱乐部，仍然开着。另外几家已经打烊，但门缝仍然透出长长的光亮，表明里面还有人，大约是女仆或男仆尚未聊罢闲言碎语，害得主人对他们的行踪无从知晓。阿卡基·阿卡基耶维奇兴致勃勃地走着，甚至莫名其妙地追着一位女士跑了起来。那女士闪电般从他身旁掠过，浑身上下活力四射。不过，他迅即停止追赶，又像原先一样悄无声息地走着。连他自己也感到奇怪，不知为何刚才要一溜儿小跑。很快，他面前便出现了那几条冷清的街道。它们白天就不热闹，更不用说夜晚了。此刻，它们变得更加荒凉、孤寂：路灯越来越稀落——显然是发放的灯油已经减少；出现了一些木头房子和栅栏；四处阒无人迹；只有街上的积雪熠熠发亮，还有一些关闭了护窗板、业已酣然入睡的低矮破旧的小屋投下凄凉的黑影。他来到了一个地方，那里的街道被一个大得无边无际、看上去空旷得可怕的广场隔断，对面的房屋只能影影绰绰地看到。

远方天知道是什么地方，一个岗亭里闪烁着一星灯火，仿佛位于世界的尽头。阿卡基·阿卡基耶维奇的欢快劲头一时间大为低落。他踏进广场，不由得有些担惊受怕，心中仿佛感觉到了一种不祥之兆。他回头四处观望：周围有如一片汪洋大海。"不，还是不看为好。"他这样想着，闭上眼睛向前走去。当他睁开眼睛想看看是否快到广场尽头之时，却蓦地发现在他跟前站着几个胡子拉碴的人。这究竟是些什么人，他根本无法分辨。他两眼昏花，心怦怦直跳。"这不就是我的外套嘛！"其中有个家伙揪住他的领子，用雷鸣般的大嗓门儿嚷道。阿卡基·阿卡基耶维奇刚想叫喊"救命"，另一个家伙伸出一只脑袋般大小的拳头抵住他的嘴巴，吼了一句："看你敢喊！"阿卡基·阿卡基耶维奇只感觉到自己身上的外套被扒掉了，还有人用膝盖猛顶了他一下子。结果，他仰面朝天跌倒在雪地上，完全失去了知觉。

数分钟之后，他苏醒过来，从地上站起了身。然而，周围连一个人影也没有了。他感到在野地里冷得厉害，可是外套没有了，便当即叫喊起来。不过，他觉得喊声传不到广场尽头。绝望中，他不停地叫喊，飞跑着穿过广场，直奔那个岗亭。岗亭旁边站着一名岗警，挂着长戟，似乎在好奇地观望，想要知道是什么怪人大喊大叫着从远处向他跑来。阿卡基·阿卡基耶维奇跑到他面前，气喘吁吁地嚷嚷，说他只顾睡觉，啥事儿也不管，连拦路抢劫都看不见。岗警回答说，他什么也没发现，只看见有那么两个人在广场中间拦住了他，还以为是他的朋友呢。岗警还劝他说骂人没用，还不如明天去找巡长，巡长一定会找到抢夺外套的人的。阿卡基·阿卡基耶维奇狼狈不堪地跑回家里，鬓角和后脑勺上仅有的少量头发凌乱不堪，上衣的一侧和胸口、整个裤面全都沾满了雪。

　　房东老太婆听见一阵可怕的敲门声，急忙从床上一跃而起，只趿拉了一只鞋跑来开门，同时出于自重，一只手按着胸口的衬衫。可是门开后，她看见阿卡基·阿卡基耶维奇那副可怕的模样，不禁倒退了几步。当他讲明是怎么回事之后，她登时两手一拍，告诉他说，应该径直去见警察分局的局长——巡长老爱骗人，满口应承的事情，一回头就不认账，最好还是直接去见分局长。她说她认识这位分局长，因为在她家当过厨娘的芬兰女人安娜，如今就在分局长家做保姆，而分局长乘车路过她家时，她常常能见到他本人。她还说分局长每逢星期日都去教堂，一边祈祷，一边和颜悦色地观望大家，所以，由此可见，他应该是个好心肠的人。听罢这番建议之后，阿卡基·阿卡基耶维奇垂头丧气地迈着蹒跚的步子回到了自己的房间。至于他是怎么熬过这一夜的，凡是稍微肯替别人设身处地着想的人都应该能够想象得到。

　　第二天，他一大早就赶去求见警察分局局长，但是人家告诉他，分局长还在睡觉。他十点钟去，仍然说分局长在睡觉。他十一点钟再去，人家却说：分局长不在家。他在午饭时间前往，前厅里的文书官们无论如何也不肯放他进去，一定要了解清楚：他来有何公干、是否急需、发生了何种案件。这样一来，终于逼得阿卡基·阿卡基耶维奇生平第一次直想发脾气。他毅然决然地说，他一定要亲自见到局长本人，他们岂敢对他推三阻四。他说他是为公事而从司里来，如若他告上一状，到时候他们就会尝到厉害了。对此，文书官们未敢再置一词，其中一位便去请分局长出面。分局长听罢关于抢夺外套一事的陈述，态度十分古怪。他并不关注案件的要点，反而盘问起阿卡基·阿卡基耶维奇来：为何如此之晚才回家？是否涉足了不正经的场所？阿卡基·阿卡基耶维奇窘到了极点，尚未清楚外套的案子是否能得到妥善的处理，便丢下分局长出门而去。这一整天，他都没有出勤（这是他生平唯一的一次）。

　　第二天，他露面时脸色苍白，又穿上了那件旧长衫，显得更为寒酸了。得知外套被劫一事之后，虽说有些官员在这种时刻也不放过嘲弄阿卡基·阿卡基耶维奇的机会，但终究许多人都感慨系之。大家当即决定为他集资，然而募集到的钱寥寥无几，因为除了这件事，官员们早已破费了不少，既签名认购司长的肖像，又买了科长推荐的一本什么书，只因为科长是该书作者的朋友。这样一来，集资所得的钱款便微不足道了。有一个人受到同情心的驱使，认为至少应该帮阿卡基·阿卡基耶维奇出个好主意，便劝他不必去找巡长，因为即便巡长为了博得上司的欢心而设法寻回了外套，你若提不出法律上的证据，证明外套确为你所有，那么外套仍然会留在警察局里。最好还是去见一位大人物，此人只需写个条子，向有关方面打个招呼，事情便会迎刃而解。别无他法，阿卡基·阿卡基耶维奇只好决定去求那位大人物。

　　这位大人物究竟官居何职，至今不得而知。需要指出的是，此公成为显要之人为时不久，之前也是个无足轻重的角色。再说，即便是他现今所居的职位，与其他一些更加位高权重的政要相比，也算不上显赫。然而，总有那么一号人，别人心目中无关紧要的东西，他却视为很了不起。而且，他们还会竭力以其他种种手段强调其举足轻重，比如：规定他前来办公之时，下级官员们必须在楼梯上迎候；任何人都不得直接去见他，凡事均须经过严格的程序：十四等文官要向十三等文官报告，十二等文官再向九等文官或者其他相应的长官报告，如此逐级上报，最后事情才能禀告到他那里。在神圣的俄罗斯，事事都沾染上相互效仿的恶习，人人都爱装模作样，硬摆出自己的上司派头。甚至听说有一个九等文官，当他被派往一个小办事处当主任时，立即为自己隔出一个单间，称之为"公务室"。尽管室内只能勉强放下一张普通的写字台，他却安排了几个身穿红衣领和金银线绣边的服装、有如戏院检票员的人伫立于门口，手握门把手，为每个来人开门。

　　我们这位大人物的派头和举止矜持而威严，却很单调乏味。严厉便是其常规惯例的主要基础。"严厉，严厉，再严厉!"他经常这样说，并且在说到最后那几个字时总要意味深长地望一望听他训话之人的脸。其实他这样做毫无理由，因为对组成办公厅这整个政府机构的十来名官员，即便不来这一套，也已经够他们提心吊胆的了：老远望见他便会放下公务，毕恭毕敬地伫立迎候，直到上司走进房间。他平常对下级讲话也都给人一种严厉的感觉，几乎总是那三句话："你怎么敢这样？你知不知道是在和谁说话？你清楚站在你面前的是什么人吗？"不过，他原本是个心地善良之人，对同事们很好，也乐于助人。然而，将军的头衔却让他迷失了自己。获得将军头衔之后，他一时间神魂颠倒起来，晕头转向，全然不知如何是好。要是他与平级之辈在一起，倒还像个正常的人，十分正派，在许多方面甚至头脑并不迟钝。可是，一旦他置身于哪怕低他一级的人们之中，那就糟糕透了：一直默不作声，其处境让人觉得十分可怜，连他本人也感觉到，完全可以将时光度过得轻松愉快一些。从他的目光中，有时也能看出，他热切希望参与一场有趣的交谈，与大家打成一片。但是，有种念头阻止了他：他是否太屈尊俯就了？是否太不拘礼节？这样做是否会降低自己的身份？这样考虑的结果是，他只能永远保持沉默，偶尔才说句只有一两个字的话，于是乎便获得了"最乏味的人"的称号。

我们的阿卡基·阿卡基耶维奇去求见的正是这样一位大人物，而且是在对他而言最为不利的时刻，极不适宜。不过，这对大人物而言倒是适逢其会，因为他正在自己的办公室里兴高采烈地与一位前不久刚刚到来、多年未见的老朋友和儿时伙伴叙旧。正当此时，手下人报告说，有一个名叫巴什马奇金的人前来求见。他随口问了一句："这是什么人?"手下回答说："是一位官员。""噢，叫他等一等，现在没工夫。"大人物说道。

这里必须说明，大人物完全是在撒谎——他是有工夫的。他和朋友早就什么都聊过了，交谈中已经出现过多次长时间的相对无言，只能轻轻拍一拍对方的大腿，说上一句："正是这样，伊万·阿布拉莫维奇!""正是那样，斯捷潘·瓦尔拉莫维奇!"尽管如此，他却发话让那名官员等着，以此向离职已久、赋闲于乡下家中的朋友炫耀一番：求见的官员们也得在前厅里恭候许久。最后，他们总算聊罢了，沉默得也够了，坐在靠背可以折叠的十分舒适的安乐椅上抽完了一支雪茄，这才仿佛猛然记起来似的，对伫立在门口的拿着文件来报告的秘书说："哦，那边好像还有个官员等着呢，告诉他可以进来了。"

大人物一见到阿卡基·阿卡基耶维奇那副谦恭的模样和那身旧制服，便对他说道："您有什么事?"语气冷漠而生硬。这种说话的口气，他是在尚未获得现今的职位和将军头衔之前一个星期，在自己的房间里对着镜子特意预先练就的。阿卡基·阿卡基耶维奇早已感到心虚胆怯、惶恐不安，尽量让舌头能灵活自如，比平日更多地使用了语气词"那个"之类的进行说明：本来他有一件崭新的外套，现在却被人以残暴的手段抢走了；他来晋见大人，是想请求大人设法那个……给警察总监先生或者其他什么人写个便函，找回那件外套。不知何故，将军竟然认为这种举动太放肆了。

"您这是怎么啦，先生？"他生硬地说道，"连规矩也不懂吗？都跑到什么地方来了？难道不知道办事的程序吗？关于这种事情，您本来该当向办公厅递交一份呈文，然后将其送给科长，再送给处长，然后送交秘书，秘书才呈报给我……"

"可是，大人，"阿卡基·阿卡基耶维奇竭力鼓起仅有的一点儿勇气，同时感觉到业已大汗淋漓，"我之所以斗胆烦劳大人您，是因为秘书们那个……是些不可靠的人……"

"什么，什么，什么？"大人物说道，"您是哪儿来的这么大胆子？哪儿来的这种想法？年轻人竟敢这样对待长官和上司，简直狂妄至极！"

大人物仿佛不曾注意到，阿卡基·阿卡基耶维奇已经年过半百。因此，如若他可以被称为年轻人，那除非是与业已古稀之年的人相对而言。

"您知道是在对谁说话吗？您清楚您面前的人是谁吗？您明不明白，明不明白？我问问您！"

说到这里，他猛一跺脚，嗓门儿提得如此之高，别说是阿卡基·阿卡基耶维奇了，无论谁都会吓得心惊胆战。阿卡基·阿卡基耶维奇当即就发晕了，打了个趔趄，浑身战栗，无论如何也站立不稳——若不是看门人赶紧跑过来扶住他，他准会扑通一声摔倒在地。他几乎一动不动地被抬了出去。大人物则深为满意，因为效果甚至超出了预料。一想到他的话竟然能让人失去知觉，他不禁心花怒放，斜眼看了一下朋友，想知道那位如何看待此事。结果，他不无得意地发现，朋友也极度张皇失措，甚至开始感到恐惧。

阿卡基·阿卡基耶维奇一点儿也记不清自己是如何从楼上下来走到大街上的了。他的手脚都不听使唤了。他这辈子还从来不曾被一位将军，并且是陌生的将军如此痛斥过。他大张着嘴，趔趔趄趄地在呼啸的暴风雪中走着，频频偏离人行道。寒风一如往昔，穿过条条小巷，从四面八方向他刮了过来，灌进他的喉咙，迅即让扁桃体发炎了。他好不容易回到家中，连说一句话都无能为力，全身发肿，一头栽倒在床上。疾言厉色的斥责有时后果竟会如此严重！第二天，他发现自己在发高烧。彼得堡的严寒气候又火上浇油，病情发展得比预料的还要快。医生来了之后，号了号脉，已然不可救药，仅仅开了一服敷剂——只不过是为了不致让病人显得未受到医疗救助的恩惠罢了。其实医生当时即已宣称，病人再过一天多时间必将性命不保。随后，他还对女房东说："老大娘，您就别白白浪费时间了，赶快去给他订购一副松木棺材吧，因为橡木的对他来说价钱太贵了。"

不知阿卡基·阿卡基耶维奇听见这番对他堪称致命的话了没有。如果听见了，这会不会对他产生惊心动魄的作用，使他对自己辛酸的一生感到痛惜——这一切都统统无从知晓，因为他一直发着高烧、说着胡话。他的脑海中接连不断地浮现出一幅比一幅更加奇怪的景象：时而他见到了彼得罗维奇，并向其定做一件装有捉贼机关的外套——他总觉得窃贼就在床下，所以不停地呼唤女房东，要她将窃贼从他身边，甚至从被窝里抓走；时而他一再追问，为何将他的旧长衫挂在他面前——他已经有了一件新外套；时而他似乎正站在将军面前，一边洗耳恭听声色俱厉的训斥，一边诺诺连声"请您原谅，大人"；时而他似乎隐忍不住，终于爆出粗口，说了一些骇人听闻的话，以致房东老太太画起了十字，因为她从未听见他说过如此难听的话，而且是紧接着"大人"一词说的。随后，他说的纯属胡言乱语，根本无法理解。可以领会到的只有一点，那就是这些杂乱无章的话语和意念全都离不开他的那件外套。

最终，可怜的阿卡基·阿卡基耶维奇咽了气。无论是房间还是他的物品都未加封存，因为一来并无继承人，二来所留下的遗物非常之少，只有一束鹅毛笔、一沓公家的白纸、三双短袜、两三枚从裤子上掉下的纽扣，还有读者业已熟悉的那件长衫。所有这些东西都归了谁，只有上帝知道。老实说，连我这个讲故事的人对此也不感兴趣。阿卡基·阿卡基耶维奇被人运走，一埋了之。于是，彼得堡不复有一个名叫阿卡基·阿卡基耶维奇之人，仿佛该城从未有过其人一般。从此，一个生灵——一个谁也不加爱护、谁也不曾珍惜、谁也不感兴趣，甚至那些连一只苍蝇都不肯忽略，而要钉到大头针上用显微镜细加观察的自然科学研究者也不屑一顾的生灵，就这样悄然消失、化为乌有了。这个生灵逆来顺受地隐忍着同僚们的嘲弄，没有成就任何非凡的业绩便进入了坟墓。然而，在他的生命临近终点之时，总归曾有过一位象征着光明和幸福的来宾以外套的面貌在他眼前倏然现身，刹那间让他那不幸的日子有了一丝生气。随即，灾难同样骤然降临，就像世间的帝王将相也会大祸临头一样……

他去世数日之后，司里的一个看门人奉命来到他的住处，要让他立即出勤——这可是长官的要求。然而，看门人不得不无功而返，报告说他再也来不了啦。在回答"为什么"的询问时，他说了短短一句话："是这样的，他已经死了，大前天就埋了。"这样，司里的人才得知阿卡基·阿卡基耶维奇的死讯。于是，第二天他的座位上即已坐着一名新的官员，身材要高得多，写出来的字母已经不是端端正正的笔迹，而是要歪歪斜斜得多。

可是谁又能想到，关于阿卡基·阿卡基耶维奇的故事并没有到此完结，他注定了死后还会轰动几天，仿佛是对他默默无闻的一生作出补偿。事情偏偏就这样发生了，于是我们这个凄怆的故事便意外地得到了一个荒诞不经的结局。忽然间，一个谣言传遍了彼得堡，说是在卡林金桥以及附近的地方，每到夜晚就会出现一个官员模样的死人，寻找他被抢走了的外套，并且以外套被抢为借口，不分官衔和职位，从所有的人肩上拽下各式各样的外套：猫皮的、海狸皮的、棉絮的，还有浣熊皮、狐皮、熊皮的大衣。总而言之，凡是人们挖空心思用以遮体御寒的各种皮毛制品，他无不抢夺。司里的一名官员曾亲眼看见过这个死人，一眼便认出那是阿卡基·阿卡基耶维奇。不过，这可把他吓得够呛，撒腿就狂奔起来，因而未能仔细辨认，只是远远地望见那人伸出一个指头威吓他。诉状从四面八方雪片般不断地递交上来，不单是九等文官，就连七等文官也都纷纷抱怨，说由于夜间外套被夺，背部和肩膀遭受了风寒的重创。警察局于是下令，无论如何都要将那个死人逮捕归案，死活不论，务必严加惩处，以儆效尤。这一点真的差一点儿办到了。

具体的经过是：有一个街区的岗警在基留什金巷的犯罪现场，正当那个死人企图从一名先前吹奏长笛的乐师身上拽走粗毛呢外套之际，揪住领子将其成功捕获。这个岗警一边紧抓他的领子不放，一边喊来其他两个同事，叫他们看管住罪犯，自己则花片刻的工夫伸手去靴筒里取鼻烟盒，想让自己那平生被冻坏过六次的鼻子暂时清爽清爽。可是，这鼻烟一准是连死人也受不了的品种，岗警刚刚用手指将它塞进右鼻孔，左鼻孔还没来得吸入那一小撮烟末，死人便猛然打了个惊天动地的大喷嚏，鼻涕、唾沫星子溅进了三个人的眼睛里。在他们举起拳头擦眼睛的时候，死人早已消失得无影无踪了。这么一来，他们甚至弄不清楚那死人是否真被他们抓住过。自此以后，岗警们对死人总是提心吊胆，连活人也不敢抓了，只是远远地吆喝："喂，你，快走自己的路吧！"结果，死官员在卡林金桥的那一边也开始频频现身，给所有胆小的人造成了极大的恐慌。

不过，我们全然把那位大人物给忘了。实际上，恐怕他才是这个完全真实的故事趋于荒诞的真正原因。首先，应当说一句公道话：在可怜的阿卡基·阿卡基耶维奇遭到痛斥离去之后不久，这位大人物心中便萌生了一种类似于怜悯的感情。他并非没有同情心，他的内心也会产生许多善良的意念，虽然官阶常常妨碍它们表露出来。来访的友人刚刚走出他的办公室，他当即便念及了可怜的阿卡基·阿卡基耶维奇。自此以后，难以承受上司的斥责、面色苍白的阿卡基·阿卡基耶维奇的身影，几乎每天都在他的眼前浮现。一想到此人，他便心神不宁，以至于一个星期过后，他决定派一名官员去打探阿卡基·阿卡基耶维奇的情况，看看能否在实际上对其有所帮助。当他接到报告，得知阿卡基·阿卡基耶维奇已罹患热病猝死之时，不禁大吃一惊，受到良心的谴责，终日郁郁寡欢。

为了散一散心，忘却不愉快的印象，他到一个朋友家去参加晚会，在那里见到的全是上流社会的人士。而让他最为称心如意的是，大家都属于同样的官阶，因此他可以完全不受任何拘束。这对他的精神状态产生了惊人的效果：他变得轻松自如起来，谈笑风生、和蔼可亲。总之，他度过了一个非常愉快的夜晚。

晚餐时，他喝了两三杯香槟酒——众所周知，这是一种很不错的助兴之物。香槟酒激起了他的兴致，他想去做一心向往的事情，那就是：他决定先不回家，而是去找一位熟识的太太卡罗利娜·伊万诺夫娜。这位太太好像是德国血统，他对其深有好感。应该说，大人物已经年纪不轻，在家人中是个好丈夫和受尊敬的父亲。两个儿子中，一个已经在国家机关供职。还有一个长相可爱的十六岁的女儿，鼻子略呈弧形，但很好看。他们每天都要来亲吻他的手，道一声："**爸爸，早上好!①**"他的夫人风韵犹存，甚至一点儿也不显老，总是先让他亲吻自己的手，然后把手翻转过来，再吻他的手。不过，大人物虽然对家人的柔情蜜意十分满足，却也认为在城里别的地方交一个女友堪称风流韵事。这位女友一点儿也不比他的妻子更年轻漂亮，但这样的难解之谜在人世间比比皆是，对其加以评判并非

---

① 黑体字原文为法文。

我辈的事情。

就这样，大人物走下楼梯，坐上雪橇，对车夫说："去卡罗利娜·伊万诺夫娜家。"而他自己则十分讲究地裹进一件暖和的外套，沉浸在俄罗斯人认为绝佳的一种心境之中，亦即当此之时自己什么也不用想，而各种思绪却自然而然地萦回于脑际，一个比一个更令人愉悦，根本无须费力去加以追寻。他心满意足，欣然回味着刚刚度过的这个夜晚的种种欢娱之事和所有那些逗得身边一群人哈哈大笑的趣谈，其中许多话他甚至还低声加以复述，觉得依然像当时一样可笑，因而无怪乎他自己也会心地忍俊不禁。然而，不时刮起的阵风打扰着他，那风——天知道出于何种原因、经由何处骤然袭来，将脸冻得刀割般生疼。它要么用团团雪花劈头盖脸地猛砸，把外套领子吹得像船帆一样鼓起来；要么以不可思议的力量猛然将领子掀到他头上，从而使得他不停地忙于从其下钻出来。突然之间，大人物感到有人将他的衣领紧紧地抓住了。他一回头，看见一个身材不高、穿着一件破旧的文官制服的人，并且不胜惊恐地认出此人正是阿卡基·阿卡基耶维奇。这个官员的脸像雪一样苍白，看上去完全是个死人。可是，当大人物看见死人一撇嘴，朝他呼出一股坟墓般阴森恐怖的气息，并说出下列一番话来的时候，他的恐惧更是无以复加："啊，总算找到你了！我总算那个……抓住你的领子了！我要的正是你的这件外套！你不肯为我的外套操心，还责骂了我一顿——现在就把你的外套交出来吧！"

可怜的大人物差点儿没被吓死。无论是在办公厅还是往常在下属面前，他的脾气一向很大，也不管人人一看到他那副威风凛凛的神情和身影都会说："嘀，多神气！"可是，他在这时候却也像许多徒有武士般外貌的人一样，早已吓得魂不附体，甚至不无理由地开始担心自己会突发一场大病。他甚至连忙扔掉肩上的外套，发狂似的对车夫喊道："火速回家！"这种声音平日只有在最紧急的时刻才会发出，而且还伴随着令人刻骨铭心的动作。车夫一听，立即将头缩到两个肩膀中间以防万一，挥动鞭子，飞也似的疾驰起来。

六七分钟光景，大人物已经抵达自家的大门口。他面色惨白，惊恐万状，外套也没了，未能去卡罗利娜·伊万诺夫娜家，倒是回到了自己家里，踉踉跄跄地勉强走进房间，在极度的惶恐不安中熬过了一个夜晚，以致次日早晨喝茶时，女儿对他直言不讳地说："爸爸，你今天的脸色难看极了。"而爸爸却默不作声，对谁都只字未提出了什么事情：他去过哪里，还想去哪里。此事对他产生了重大影响，他甚至开始很少对下级说："你怎么敢这样？知道你面前是什么人吗？"即便那么说了，也不是在尚未听清事情原委之前便贸然而说。不过，尤其值得注意的是，自此以后，那位死人官员便全然不复现身了。看来，将军的外套披在他肩上十分合身。至少，再也没有听说什么地方发生过从谁身上扒掉外套的事情。

可是，许多好事者和喜欢无中生有之人始终不肯罢休，硬说本城的偏远地区死人官员仍在频频露面。确切地说，科洛姆纳区的一个岗警就亲眼看见一个幽灵从一座房屋后面闪了出来。不过，那岗警天生较为软弱无力。有一次，一只小猪崽从私人住宅里窜出来撞上他的腿，他竟然一头栽倒在地，惹得站在周围的马车夫们哈哈大笑。他认为人家羞辱了他，便罚那些人每人掏一个铜币给他买鼻烟。

就这样，由于他软弱无力，所以没敢拦住那幽灵，只是在黑暗中尾随其后，直到幽灵突然回头望了望，停下脚步问道："你想干什么?"同时，那幽灵扬起一只活人绝对不可能有的硕大的拳头。岗警只得说"没什么事"，当即转身往回走。然而，幽灵的身躯已经变得高大多了，还长着一大把胡须，似乎迈步直奔奥布霍夫桥而去，彻底消失在漆黑的夜色中了。

马车

自从某骑兵团进驻之后，小城 Б 就热闹了起来。而在此之前，你乘车经过该城，只需望一眼那些临街的土墙泥顶、低矮而又无限凄凉的房屋，就会……简直无法形容一时间心中油然而生的感触：怅然若失，仿佛输了牌，或者无意中干了一件蠢事——总之，很不舒畅。房上的黏土遭受雨水冲刷，白色的墙壁变得斑斑驳驳。屋顶大多覆以芦苇，与我国南方城市里常见的情形无异。为了整齐美观，市长早已下令将小花园中的树木砍伐光了。

街上阒无一人，只偶尔有一只公鸡穿过马路。路面积了厚达四分之一俄尺的尘土，像枕头一般松软，下点儿小雨即会变成泥浆。到那时，全城的街道上便到处都是被市长称为"法国人"的肥头大耳的动物①。它们将一本正经的嘴脸从自己的浴盆②中伸了出来，发出震耳欲聋的呼噜噜之声，害得乘车路过的人只好策马趱行，唯恐避之不及。不过，在Б城也难得遇到路过的人。在绝无仅有的情况下，才能见到某位拥有十一名农奴、身穿土布上衣的地主驾着一辆既像四轮轻便马车又像货车的车子从马路上哐当哐当地驶过。他坐在成堆的面粉口袋之间，赶着一匹枣红色的母马，后面还跟着一匹小马驹。

市场看上去颇为冷清。一家裁缝店不是将整个正面，而是愚蠢地让一个屋角朝向市场。它的对面仅有两扇窗户的石头建筑，已经建造了十五年之久。再往前，孤零零地兀立着一道时髦的木板围墙，刷着与泥浆近似的灰色油漆。那是市长年轻时为其他建筑物树立的样板，当时他尚未养成午饭后立即睡觉、夜间就寝前喝一种干醋栗调制的汤剂的习惯。其他地方则几乎全是篱笆。市场中央有几家极小的店铺，里面所能见到的老是一串小面包圈、一个包着红头巾的女人、一普特③肥皂、几磅苦杏仁、打猎用的铅砂、缎纹棉布以及两个整天在门口玩儿投钉游戏④的店伙计。

---

① 指猪。
② 指街面上的水洼。
③ 俄国重量单位，约合 16.38 千克。
④ 俄罗斯民间游戏：将粗大的铁钉投入放在地上的环圈里。

然而，自从骑兵团进驻这个县城，一切都为之改观了。街道变得五彩缤纷，骤然热闹了起来——总而言之，旧貌换新颜。常常可以看到一位帽上竖着缨子的身材匀称、步履矫健的军官从低矮的房屋前经过，前往同事处谈论升迁的消息、品评最佳的烟草，有时还将一辆轻便敞篷马车作为玩牌的赌注。这辆马车堪称团里的公车，因为它从未离开过团部，常常被大家使用：今天少校乘坐它，明天它却出现在中尉的马厩里，而过上一个星期，你就瞧吧，少校的勤务兵又在给它上油了。房屋与房屋之间的木栅栏上挂满了军帽，在阳光下晾晒。一件灰色的军大衣老是乱撂在大门里的某个地方。士兵们在一条条小巷里进进出出，脸上的胡茬儿硬得像鞋刷。这样的胡子随处可见：端着簸箕的女贩聚集到市场上之时，她们身后必定可以看到一些大胡子。行刑台上总有一个"胡子兵"在殴打一个傻头傻脑的乡下人，而那人只会翻着白眼，不停地哼叫。

　　军官们让社交界也变得活跃了起来。此前，其成员只有一位与助祭的妻子同居的法官和一位市长，而市长虽是一位明白事理之人，但却终日贪睡不起：从中午睡到晚上，再从晚上睡到中午。自打陆军准将的公馆迁来此地之后，社交界已变得人员众多，更具吸引力了。先前与世隔绝的周围地区的地主们，开始日渐频繁地来到县城与军官先生们会晤，有时还打一打邦克牌——往日由于操心庄稼、老婆嘱托之事和猎杀兔子，这种牌的玩儿法已经在他们的头脑中变得不甚了了。

　　十分遗憾，我已记不清是何缘由了，陆军准将举行了一场盛大的午宴。宴会的准备工作热火朝天：厨房里，菜刀的叮当声在城门附近都清晰可闻。就因为这场宴会，整个市场的物品都被采购一空，结果法官和助祭的老婆只能吃荞麦面饼子，喝淀粉糊了。将军公馆不大的院子里停满了轻便敞篷马车、带有弹簧和折叠车篷的双马拉的四轮马车。参与聚会的全都是男人：军官和周围地区的一些地主。地主中最为引人注目的当属皮法戈尔·皮法戈罗维奇·切尔托库茨基。他是Б县的一位重要贵族，在选举中曾经名噪一时。这天，他是乘坐一辆非常讲究的轻便马车来的。他从前曾在一个骑兵团供职，是一位颇富威望、身份显要的军官。至少，无论他们的团驻扎在何处，人们都能在众多的舞会和聚会上见到他。不过，关于这方面的情况，最好还是问问坦波夫省和辛比尔斯克省的姑娘们。如果不是因为一起通常被人们称为"不愉快事件"的事件而退役的话，他极有可能在其他一些省也令名远播。当年究竟是他打了别人一记耳光呢，还是人家打了他一记耳光，我记不清了。问题仅仅在于：他被要求退役。不过，他丝毫未曾因为此事而自降身价。他常常身着一件仿效军装样式的高腰燕尾服，靴子上装着马刺，鼻子下面留一撮小胡子——要不然贵族们便会以为他当年是在步兵中服役，而他是瞧不起步兵的，轻蔑地时而称之为"走路兵"，时而将其叫作"大兵"。他爱逛人头攒动的各类集市。俄罗斯内地的奶妈们、孩子们、姑娘家和胖地主们都喜欢坐着四轮轻便马车、两轮轻便马车、远程四轮马车以及那种任何人做梦也不曾见过的四轮轿式马车去那里凑热闹。他总能打探出何处驻扎有骑兵团，随即便经常前去与军官先生们晤面。见到他们，他总是敏捷地跳下他的轻便四轮马车或轻便敞篷马车，很快地与他们熟稔起来。上次选举期间，他为贵族们举行了一次豪华的宴会。席间，他宣称，倘若他当选为首席贵族，他会让贵族们享受最高的优遇。总体而言，正如县城和省城的人们所说，他的行为举止颇具老爷派头。他娶了一位相当漂亮的妻子。作为她的陪嫁，他得到了二百名农奴和数千卢布现款。这笔钱当即被用来购置了六匹名副其实的骏马、几把镀金的门锁、一只驯养的看家猴子，还雇了一名法国管家。两百名农奴加上他自己原有的两百人统统抵押给了当铺，用于几笔商业上的资金周转。总之，他是一位地地道道的地主……相当富有的地主。除他之外，将军的宴会上还有其他几位地主，不过关于他们并没有什么好说的。其余的宾客是同一个团里的军人和两位校官：一位上校和一位相当胖的少校。将军本人很壮实、肥硕，但据军官们反映，他可是个好长官。他说起话来声音低沉，意味深长。

宴会丰盛极了：鲟鱼肉——大白鲟和小体鲟、大鸨、龙须菜、鹌鹑、鹧鸪、蘑菇，应有尽有，忙得厨师从昨天起就没顾上吃一口热饭。另外还有四个士兵手操菜刀帮他干活儿，通宵赶制浇汁肉丁和肉冻。瓶装美酒数不胜数：长颈瓶装的是拉斐特红葡萄酒，短颈瓶装的是马德拉浓葡萄酒，加之正值阳光灿烂的夏日，窗户悉数洞开，桌上摆着盛冰的盘子，军官先生们的最后一颗纽扣亦已解开，身着宽体燕尾服之人的胸衣散乱，方方面面的交谈不时被将军的说话声和开香槟酒所发出的响声所打断——所有这一切都显得那么和谐。进餐完毕，大家便怀着愉快的餍足感起身，点上长长短短的烟斗抽了起来，手端咖啡朝室外的台阶走去。

将军、上校甚至少校的军服都敞开了，因而依稀可见华贵的丝质背带。而普通军官先生则谨记对上级长官应有的尊敬，军服都系上扣子，只有最下面的三颗可以除外。

"现在可以去瞧一瞧它了。"将军说，"有劳你了，亲爱的。"他对自己的副官说道。那位副官是个长相讨人喜欢、动作相当灵敏的年轻人。"你去叫人把那匹枣红色骒马牵来！各位马上就会亲眼看见它了。"这时，将军吸了一口烟斗，喷出一团烟雾，"它还饲养得不太好——在这糟糕的小城里，连个像样的马厩也没有。那马本身，噗①，噗，倒是很不错的！"

"大人……噗，噗……您这马饲养很久了吗?"切尔托库茨基问道。

"噗，噗，噗，嗯……噗，不算很久。我把它从养马场买来，只不过两个年头儿。"

"您买来的时候，那马是已经调教好的，还是您自己进行调教的呢?"

"噗，噗，噗——是在这里调教的。"说罢，将军已经整个人都笼罩在烟雾里了。

这时，从马厩里蹦出一个士兵，随即响起了嘚嘚的马蹄声。末了闪出另一个士兵，身穿肥大的白色外衣，长着一大把黑胡子，手挽一匹受到惊吓、浑身战栗的骒马的笼头。这马猛地一昂头，险些将俯身拽着它的士兵连人带胡子举了起来。

---

① 喷吐烟气的声音。

"吁，吁！阿格拉费娜·伊万诺夫娜！"他一边说，一边将马牵到台阶近旁来。

骒马名叫阿格拉费娜·伊万诺夫娜，健壮而腼腆，有如南方的美女。它扬蹄将台阶踢得咚咚响，然后又突然停了下来。

将军放下烟斗，面带满意的神情开始打量阿格拉费娜·伊万诺夫娜。上校走下台阶，摩挲阿格拉费娜·伊万诺夫娜的嘴脸。少校拍了拍阿格拉费娜·伊万诺夫娜的腿。其他的人也都啧啧称赞。

切尔托库茨基走下台阶，绕到了马的背后。士兵挺直身子，抓住笼头，直直地瞪着参观者们的眼睛，仿佛想跳进他们的眼睛里去似的。

"非常非常出色的一匹好马！"切尔托库茨基说，"身材可匀称了！请问大人，骑起来如何？"

"跑得还不错，只是……鬼知道那个笨蛋兽医给它吃了些什么药丸，害得它连续两天了都一直打喷嚏。"

"非常非常出色。大人，您有合适的马车吗？"

"马车？……可这是一匹乘用马呀！"

"这我知道。我这样问大人，是想知道您有没有适合于其他马匹的马车。"

"噢，我的马车倒是不太够用。不瞒您说，我早就想要一辆时尚的四轮马车了。我将此写信告诉了我那现今在彼得堡的弟弟，不知他能否给我弄一辆来。"

"我觉得，大人，"上校说了一句，"没有比维也纳的四轮马车更精良的了。"

"您的看法有道理……噗、噗、噗。"

"大人，我倒是有一辆极好的四轮马车——真正的维也纳出品。"

"什么样的？是您来的时候坐的那辆吗？"

"啊，不！这是一辆旅行车，我自己出门时用的，但我说的那辆……可是非同寻常，轻得像羽毛。您要是坐上去，简直就像……请大人容我斗胆说一句……就像保姆让您坐在摇篮里，再轻轻地晃悠着您一样!"

"那就很舒服喽？"

"非常非常舒服。坐垫呀，弹簧呀，全都像画里的一样。"

"这太好了。"

"并且，它能装好多东西！大人，我还从来不曾见过这样的马车呢！我在军中供职时，车上的箱子里曾经放过十瓶罗姆酒、二十俄磅烟。此外，我还带了六七套军服、一些内衣、两根烟杆……长得就像……说句不中听的话，就像绦虫似的，而车厢里可以容得下整整一头公牛。"

"这太好了。"

"大人，买这车那会儿，我花了四千卢布呢!"

"从价格上看，应该是辆好车。您是亲手买的吗？"

"不是的，大人，是偶然得到的。那本来是我的朋友买的，而朋友是个罕见的好人——我童年时代的伙伴。要是您，也会和他合得来的。我和他之间不分彼此，毫不见外。那辆车是打牌时我从他手里赢来的。不知大人能否赏光，明天到舍下用一餐便饭，同时请您瞧瞧那辆马车。"

"这事儿，我不知道怎么对您说才好。我一个人去总觉得有点儿……是否和军官先生们一道叨扰为好？"

"军官先生们本人也一并恭请。先生们，能在舍下欢迎诸位，本人将其视作极大的荣耀！"

上校、少校以及其他军官都鞠躬致谢。

"大人，我个人以为，买东西，就一定要买好的——如果不好，就根本不值得购置。明天您光临舍下的时候，我会让您看一看我自己所置办的一些居家方面的器具。"

将军看了看他，嘴里喷出一股烟气。

能将军官先生们请到家里做客，切尔托库茨基感到十分满意。他已经预先考虑订购肉馅饼和调味汁之事了。他眉开眼笑地不时望一望军官们，军官们也似乎平添了对他的许多好感——这从他们的眼神和类似于约略欠身的微小动作中即可看出。此后，切尔托库茨基的举止更加落落大方，说起话来也显得轻松自如了，那声音表露出一种愉悦之情。

"大人，到了舍下，您也会结识内人的。"

"我十分乐意。"将军摩挲着小胡子说。

接下来，切尔托库茨基便打算立即动身回家，好为第二天设午宴待客做好各种准备。他已经拿起了帽子，但结果不知怎么，偏偏奇怪地留了下来，又待了一会儿。此时，房间里已经摆好了牌桌。随即，众人分为四人一组，在将军那几个房间的各个角落里坐了下来，准备打惠斯特牌。

蜡烛掌上来了。切尔托库茨基好一阵都拿不定主意，是否该坐下来打惠斯特牌。然而，当军官先生们开始邀请他时，他觉得加以拒绝是不符合社交准则的，便坐了下来。不经意间，他面前出现了一杯潘趣酒，他稀里糊涂地当即喝掉了。玩儿罢两局，切尔托库茨基再次发现手边放着一杯潘趣酒，他同样稀里糊涂地一饮而尽，饮用之前还说了一句："先生们，我该回家了，真的该走了。"可是，他再次坐了下来，接着玩儿第二盘。

这时候，房间里各个角落的人们聊起了纯属私人的话题。玩儿惠斯特牌的人一个个都默不作声，但是坐在旁边沙发上的那些不玩儿牌的人却自顾自地闲聊。有个角落里，一位骑兵上尉将靠垫支到腰旁，叼着烟斗，无所顾忌地侃侃而谈自己的情场艳遇，深深地吸引了周围的一群人。有一个地主特别肥胖，胳膊又粗又短，像两个疯长的大土豆。他满脸陶醉的神情，听得格外入迷，只是偶尔才费力地将一只粗短的胳膊伸向宽阔的后背去掏鼻烟盒①。在另一个角落里爆发了一场关于骑兵连训练的热烈争论。切尔托库茨基此时已连续两次误将 J 当作 Q 打了出去，却突然介入别人的谈话，从自己那个角落里高声发问："哪一年呀？""哪一个团？"而他却并未觉察到，有时候他的问话与事情毫不相干。终于，在晚饭前数分钟，惠斯特牌打罢了，可是大家津津乐道的依然是牌，仿佛人人头脑里都塞满了惠斯特牌似的。切尔托库茨基清楚地记得，他赢了许多钱，然而却分文也没有拿到手，所以他从牌桌旁起身时，尴尬地站立了许久。这时，晚饭已经上桌了。不言而喻，酒是绝不

---

① 旧式燕尾服背后有衣兜。

会缺少的。切尔托库茨基几乎不由自主地不时自斟自饮，因为他的左右两边都放着酒瓶。

席间的交谈没完没了，但谈话却进行得颇为奇怪。一位参加过 1812 年战争①的地主讲述了一场纯属子虚乌有的战斗，随后又莫名其妙地抓起一枚酒瓶塞，将其戳进了一块蛋糕里。总之，席终人散时已是凌晨三点了，车夫们只好将几位重要人物像抱一包包货物似的抱到了车上。切尔托库茨基也顾不上平日的贵族派头了，坐在车上不住地点头哈腰、摇头晃脑，到家时胡子上竟然沾有两粒牛蒡籽。

家里所有的人都已酣然入睡，车夫好不容易才找到一个仆人。仆人搀扶着老爷穿过客厅，将其交给了侍女。切尔托库茨基跟着侍女趔趔趄趄地走进卧室，一头倒在身穿雪白的睡衣、姿态极尽妩媚地安睡着的年轻美貌的妻子身边。丈夫倒在床上的动作惊醒了她。她伸直了腿，抬起眉头，快速地眨了三次眼睛，然后面带半嗔半娇的微笑将眼睛完全睁了开来。但是，看到这一次他全然没有温存的意思，她便气恼地翻过身去，将娇艳的脸颊支在手上，很快便和他一样入睡了。

年轻的主妇在鼾声如雷的丈夫身旁醒来之时，按乡间的说法，已经不能称之为"一早"了。她想到他是凌晨三点多才回家来的，便不忍心叫醒他。她自己则穿上丈夫为她从彼得堡函购的睡鞋，身着流水般在她身上波动的白色短衫，前往自己的化妆室，用像她本人一样清新的水洗罢脸，再来到梳妆台

---

① 指 1812 年俄罗斯人民抗击拿破仑入侵的卫国战争。

前。她在镜中将自己端详了两三次，发现今天自己颇为楚楚动人。这一看似无关紧要的情况，却让她在镜前坐了两个多小时。终于，她将自己打扮得花枝招展，这才到花园里乘一乘凉。就像是有意安排的似的，其时正值唯独南国的夏日方可享有的美好时光。正午骄阳似火，热力四射，但在浓荫蔽日的林间小径上漫步却清爽宜人，被阳光照耀得暖融融的花朵散发出格外浓郁的芳香。艳丽的主妇全然忘却已经十二点了，而丈夫却仍在酣睡。在花园后面的马厩里午睡的两个车夫和一个前导驭手的鼾声清晰可闻。可是，她依旧坐在面朝大路的密林荫翳的小径上，漫不经心地向阒无人迹的大路上张望。远处骤然腾起的一片尘土吸引了她的注意。她定睛一看，很快便发现了几辆轻便马车。行驶在前面的是一辆双人座敞篷轻便马车，车上坐着一位戴着在阳光下闪闪发亮的厚厚的肩章的将军以及与之并排而坐的一位上校。另一辆四座马车紧随其后，车上坐的是少校和将军的副官，他们的对面还有两位坐着的军官。再后面，就是那辆大家都已熟知的团部的敞篷轻便马车了，这一回它归一位又肥又胖的少校所有。这辆车后面则是一辆旧式马车，上面坐了四位军官——第五位坐在他们的膝上。旧式马车后面还有三位军官，骑着黑花的枣红色骏马威风凛凛地行进着。

"莫非他们是到我们家来的?"主妇心想，"哎呀，我的天哪! 他们真的拐到桥上来了!"她尖叫了一声，两手一拍，拔腿便跑，穿过一处处花坛和花丛，径直冲进丈夫的卧室。他正睡得像死人一样。

"起来，起来！赶快起来！"她拽着他的一只手，大声叫喊。

"啊？"切尔托库茨基伸着懒腰，嘟哝了一声，仍然没有睁开眼睛。

"起来，亲爱的！听见没有？客人来了！"

"客人？什么客人？"说罢，他发出轻柔的、牛犊用嘴寻找母亲的奶头时发出的那种哞哞声，"哞……"他一直叫着，"小乖乖，把你的脖子伸过来！我要亲亲你。"

"亲爱的，看在上帝的分儿上，快起来吧！将军和军官们来了！哎呀，我的天哪，你的胡子上还有一粒牛蒡籽呢！"

"将军？啊，他已经来了？这是怎么回事？活见鬼，怎么谁都不叫醒我？午饭呢？午饭怎么样，全都准备好了吗？"

"什么午饭？"

"难道我没吩咐过吗？"

"你？你凌晨三点多才回来，我问了很多次，你什么也不告诉我。亲爱的，我没叫醒你，是因为我心疼你：夜里你几乎没睡觉呀……"最后那句话，她是用疲惫而央求的声音说出来的。

切尔托库茨基瞪圆了双眼，像被雷击了似的在床上躺了片刻。最终，他只穿一件衬衣便从床上一跃而起，忘了这是极不体面的。

"咳，我真是头蠢驴！"他在自己的额头上猛拍一巴掌，说道，"是我请他们来吃午饭的。这可怎么办呢？他们离得远不远？"

"我不知道……想必他们马上就会到了。"

"亲爱的……你快躲起来！……喂，有人吗？你，小丫头！过来呀，傻瓜，你怕什么？军官们马上就要到了。你就说老爷不在家，说他一早就乘车出门了，根本回不来。听清楚了吗？把这话告诉所有的仆人，快去吧！"

说罢，他匆匆抓起一件长衫，跑着躲到马车棚里去，认为那是最安全的地方。然而，他站到板棚的角落里才发现，即便在这里，别人也还是可以看见他。"这样倒好。"他灵机一动，迅即将停在旁边的一辆四轮马车的脚踏板放了下来，跳进车厢，关好了车门。为了更加保险一些，他还用挡尘布和皮帘子盖住自己，然后蜷缩在长衫里，屏息静气，一声不响。

与此同时，那些马车亦已驶到台阶近旁。

将军下了车，抖了抖身上的灰尘。上校紧随其后，用双手整理自己的帽缨。之后，胖少校腋下夹着马刀，从敞篷马车上跳了下来。随后从旧式马车上跳下的是几个面貌清秀的少尉和坐在他们膝上的那个准尉。最后，威风凛凛的军官们也都下了马。

"老爷不在家。"一个仆人出门来到台阶上说。

"怎么，不在家？那么，午饭前他总会回来吧？"

"根本不会回来。他要出去一整天，大概明天这个时候才能回来。"

"瞧瞧，真是意想不到！"将军说，"这是怎么回事？"

"我看，这是一个花招。"上校笑着说道。

"不会吧，怎么能这样做呢？"将军不满地接着说道，

"呸……活见鬼……哼，既然你不能接待，干吗硬要请客呀？"

"我不明白，大人，他怎么能这样干呢？"一个年轻军官说。

"什么？"将军说。他有个习惯：与尉官们讲话时，总爱说这个疑问语气词。

"我是说，大人，怎么能这样对待别人呢？"

"对呀……不过，是不是出了什么事啊？至少也该通知一声，否则就别请了嘛！"

"好了，大人，毫无办法，我们回去吧！"上校说道。

"当然，没有别的办法了。不过，他不在，我们也可以看一看那辆马车嘛！他可能没有坐着它走吧。喂，那边是谁？你过来一下，伙计，到这儿来！"

"您有什么吩咐？"

"你是马夫吗？"

"是的，大人。"

"你让我们瞧瞧你们老爷不久前买的那辆新马车！"

"那就请到马车棚去吧！"

于是，将军和军官们一起前往马车棚。

"请等一等，我把它稍微往外面推一推，这儿黑洞洞的。"

"行了，行了，好了！"

将军和军官们绕着马车走了一圈儿，仔细察看车轮和弹簧。

"嗨，并没有什么非同寻常的地方呀！"将军说，"是一辆最普通不过的马车嘛！"

"太难看了，"上校说，"一点儿也不好。"

"我觉得，大人，它根本不值四千卢布。"一个年轻军官说。

"什么?"

"我是说，大人，我看它并不值四千卢布。"

"什么四千卢布！连两千都不值。毫不起眼，除非内部有什么特殊之处……伙计，你把皮帘子揭开看看……"

这样一来，以一种极不寻常的姿态蜷缩在长衫里的切尔托库茨基便暴露在了军官们眼前。

"啊，原来您在这儿呀！……"大吃一惊的将军说道。

说完此话，将军当即砰的一声关上车门，用挡尘布重新盖住切尔托库茨基，然后和军官先生们驾车扬长而去。